KB061305

무당을
만나러
갑니다

홍칼리
인터뷰집

무당을

만나러

갑니다

한겨레출판

함께 우는 존재   여섯 빛깔   무당 이야기

일러두기

— 책에 실린 후주는 모두 저자 주임을 밝힌다.

우리는 여기에 존재한다

대낮에 진도 앞바다에서 배가 침몰해 수학여행을 떠나던 학생들이 죽었고, 핼러윈 축제 참여자들이 서울 한복판에서 죽었다. 충분히 예방할 수 있는 참사였는데 그러지 못했고, 세상은 여전히 그대로 돌아간다. 공장식축산으로 조류인플루엔자와 구제역이 발생하고, 비인간 동물들이 산 채로 자루에 담겨 구덩이에 묻힌다. 비명이 멈추지 않으니 바이러스도 멈추지 않는다. 기후 위기로 이 땅의 정령들이 신음한다. 집 없는 사람들이 추운 날에도 거리에 있고, 타자의 고통에 무감각한 얼굴들이 저승사자처럼 지나다닌다. 이런 세상에서 무당은 어떤 고통을 듣고 그 한을 어떻게 풀어주며 살아갈까.

무당은 만물의 신령님을 모시는 사람이다. 그래서 만신(萬神)이라고도 불리며, 이상하고 기발한 방식으로 만물과 교감한다. 과거·현재·미래, 종(種)과 성(性), 이승과 저승의 경계를 넘어 타자와 소통하는 무당은 역사 속에서 여러 얼굴로 존재해왔다. 샤먼·심령술사·강령술사·주술사·마법사·영매·마녀 등 무당을 부르는 이름은 시대와 연구자의 기준에 따라 달라졌다. 지금은 수많은 현대 무당이 각자의 방식으로 타자와 연대하며 일상을 꾸린다.

★

나는 3년 차 무당이고, 고양시에 있는 '칼리신당'에서 재택근무를 한다. 칼리신당은 영혼의 목욕탕이다. 내 신당에는 너비가 1미터인 코타츠가 있다. 손님들이 따뜻한 코타츠에 들어와 마음을 데우고 응어리를 녹인다. 코타츠 위에는 산통과 펜, 컵과 컵 받침, 돌멩이, 호두 두 알과 부드러운 티슈가 있다. 이 중 내가 가장 신경 써서 준비하는 것은 티슈다. 손님이 종종 눈물을 흘리기 때문이다. 신당 안에서 내가 주로 만나는 질문은 이렇다.

"이런 제가 문제일까요?"

"이 사람과 계속 만나도 괜찮을까요?"

"제가 잘할 수 있는 일이 뭘까요?"

"왜 저에게 이런 일이 일어날까요?"

신당 밖에서는 이런 질문을 만난다.

"무당도 연애하나요?"

"무당도 노래방에 가나요?"

"무당은 자기 전에 뭘 하나요?"

나를 찾아와서 자기 사연을 이야기하는 사람이 있는 한편, 전형적인 무당의 이미지를 나에게 투사해 이것저것 묻는 사람도 있다. 무당을 하늘과 땅 사이에 사는 신비로운 존재로만 생각할까. 눈을 부릅뜨고 잠을 안 자거나, 섹스를 절대로 안 하거나, 이슬만 먹고 사는 존재라고 여기는 것 같다. 무당에 대한 편견을 마주할 때마다 멋쩍게 대답하곤 한다.

"노래방 좋아해요. 주로 자우림의 노래를 부르는데, 미간을 찌푸리고 눈을 감아요."

"잠도 자요. 가끔 코도 골아요."

"네, 저도 섹스합니다. 손가락으로 자위도 해요."

문득 궁금해졌다. 다른 무당도 비슷한 질문을 맞닥뜨릴까? 나는 이불을 털고 화장실에 가면서 하루를 시작하는데, 그들은 아침에 일어나면 뭘 할까? 그들도 노래방에 갈까? 그래서 무당으로서 무당을 직접 인터뷰하기로 했다. (인터뷰를 진행해보니, 무당도 굿하고 뒤풀이로 노래방에 간다는 사실이 밝혀졌다.)

내가 인터뷰한 이들이 무당이기만 한 것은 아니었다. 노래를 부르는 사람, 공황장애와 불안장애, 조현병 등이 있어서 정신장애인으로 불리는 사람, 당당한 성소수자로 살아가는 사람, 사회·문화운동을 하는 사람, 평일에는 아르바이트하는 사람, 안마로 손님을 치유하는 사람, 책을 너무 좋아해서 자신을 문자 중독자라고 소개하는 사람, 스님이었다가 은퇴한 사람, 고졸 청년으로 불리는 사람이기도 했다. 성별·장애 유무·경력·학력·나이에 상관없이 다양한 소수자성을 가진 무당을 인터뷰하고자 했다. 청소년 무당, 이주민 무당과 탈북자 무당도 만나고 싶었지만, 그들을 인터뷰하진 못했다. 언젠가 그들의 이야기도 들리면 좋겠다.

무당에게 질문을 던지고 답변을 들으면서 평소에 느낀 궁금증이 많이 풀렸고, 무당이 추구해야 할 가치를 새롭게 배웠다. 한국의 전통적인 무당 혜경궁 선생님에게는 손님의 안녕을 바라며 정성을 다해 기도하는 마음과 무속의 세계를 끊임없이 공부하는 자세를, 무지개 무당 무무에게는 연대의 의미를, 보석처럼 반짝이는 예원당 선생님에게는 무당의 자부심과 희생정신을, DMZ 철조망 앞에서 굿판을 벌이길 주저하지 않는 무당 솔무니에게는 용기를, 시각장애가 있는 송윤하 선생님에게는 다른 방식으로 세상과 교감하는 법을, 현대 무당 가피에게는 지속 가능한 신앙생활을 배웠다.

★

무당의 내림굿 의례 중 '쇠걸립'이 있다. 무당이 마을을 돌며 집집마다 놋쇠로 만들어진 물건과 이야기를 받는다. 예비 단골손님을 만나며 마을공동체의 안녕을 바라는 의식이다. 그렇게 모은 놋쇠는 무구(巫具)를 만드는 데 쓰이며, 이웃들의 이야기는 무당이 뿌리내리는 장소가 된다.

1년 동안 무당이라는 공통점을 지닌 여섯 사람을 만나는 과정은 쇠걸립과 비슷했다. 무당 한 명의 내림굿을 위한 쇠걸립이 아니라, 차별과 폭력 없이 우리가 서로를 돌보는 세상이 오길 바라는 염원을 담은 쇠걸립.

《무당을 만나러 갑니다》에는 무당 개개인의 정과 기가 담긴 괴로움과 기쁨을 기록했다. 독서는 모르는 존재의 방에 들어가 앉아보는 일, 골목을 돌며 버려진 물건에게 시선을 주는 일, 타자에게 마음의 뿌리를 내리는 일이다. 당신이 무당의 삶에 잠시나마 뿌리를 내려주길 바란다. 이 책이 샤머니즘과 무당에 대한 편견을 벗길 수 있는 안내서일 뿐만 아니라, 사회적인 것과 영적인 것, 혁명과 영성의 이분법을 넘어서는 실천서가 되면 좋겠다. 또한 무당이 흔드는 방울처럼 "나 여기 존재한다! 우리는 여기 존재한다!"라고 경쾌하게 소리치는 목소리가 되기를.

차례

돌아가신 분하고 산 사람의
매개자 역할을 해요

**배우고 베푸는 무당
혜경궁 김혜경**

3년 전 신내림을 받아야겠다고 느낄 때 무당 김금화 선생님을 뵙고 싶었지만, 이미 돌아가신 후였다. 영화 〈만신〉(2014)을 보고 혜경궁 선생님을 알게 되었다. 선생님은 고 김금화 선생님의 조카이자 제자이고 서해안 풍어제를 주관하신다. 서해안 풍어제 배연신굿은 배와 사공의 안전과 풍어를 기원하는 배굿이다.

선생님께 상담 예약을 했지만, 예약 직후 인도로 떠나 뵙지 못했다. 이후 다른 신선생님을 만나 무당이 되고 나서도 전화로 굿 교육 일정을 문의한 적이 있다. 무당을 인터뷰하기로 했을 때, 선생님께 드디어 인사드릴 때가 왔구나 생각했다. 궁금한 점과 배우고 싶은 점이 많아서 꼭 뵙고 싶었다.

선생님과 전화로 인터뷰 약속을 잡은 날, 인상 깊은 꿈을 꿨다. 꿈에서 할머니가 예전에 지내던 커다란 기도원에 갔다. 할머니는 기도원에서 가부좌를 틀고 나를 기다렸다는 듯이 내 인사를 받아주었다. 할머니를 만나고는 천막으로 만들어진 화장실에 갔다. 볼일을 보는데 방울 소리가 들렸다. 기도원 화장실에서 갑자기 방울 소리가 들린다니? 햇살이 들어오는 천장 한구석에서 방울 세 개가 바람에 흔들리고 있었다. 소리가 너무 좋아서 방울을 주머니에 넣었고 꿈에서 깼다.

만약 할머니가 지금도 살아 있어서 나를 만났다면 어떤 말을 했을까. 기도원에서 종종 퇴마 의식을 하던 할머니는, 내가 무당이 되었다고 해도 나를 따뜻하게 안아주었을까. 꿈을 꾼 후 할머니의 포근한 품을 느꼈다. 내가 어떤 모습이어도 나를 무조건적으로 사랑해주는 존재가 있다. 그 존재를 누군가는 참나[眞我], 누군가는 하늘님(하느님 혹은 하나님)과 마리아님, 누군가는 천관성모님·천지신령님·조상신령님이라고 부른다. 매일 빌고 비는 혜경궁 선생님의 기운에 공명해 이런 꿈을 꿨을까?

인터뷰 당일, 설레는 마음으로 선생님이 계시는 인천으로 향했다. '서해안 풍어제 무형문화재'라고 적힌 하얀 현수막이 있어서 길을 찾기 쉬웠다. 갈색 울타리 너머로 하얀색 주택이 보였다. 현관문이 활짝 열려 있었다. 선생님과 함께 생활하는 분이 나를 맞이해주셨다. 집 안으로 들어가자 선생님의 반려견 짱구와 이슬이가 반갑게 꼬리를 흔들었다. 선생님의 안내에 따라 신당에 들어가 신령님들께 두 손을 모아 기도했다. 짱구와 이슬이도 신당에 들어와 돌아다녔다. 신당 오른쪽에는 선생님이 점사를 보는 빨간 책상이 보였다. 그 위에는 수녀님과 함께 찍은 사진과 두꺼비 조각상·엽전·쌀이 든 항아리 등이 놓여 있었다. 선생님은 짱구와 이슬이를 밖으로 보낸 후 자리에 앉았다. 이 얼마나 꿈꾸던 시간인가!

오늘이 마침 초하루더라고요. 좋은 날에 선생님을 뵈어서 너무 반갑습니다.

　　네, 반갑습니다.

초하루는 음력 1일로, 정성을 들여 기도하는 날이다.

아침에는 어떤 음식을 드셨나요?

　　아침엔 내내 똑같지 뭐. 된장찌개도 해 먹고 김치찌개도 해 먹고. 오늘은 된장찌개와 밥을 먹었어요.

나는 아침에 케일쌈밥을 먹고 나왔다. 케일 잎을 10초간 데쳐서 밥을 넣고 돌돌 말아 만든다. 많은 사람이 기도하는 에너지가 모이는 초하루엔 간단한 자연식물식을 먹는다.

주로 한식을 많이 드세요? 가장 좋아하는 음식은 무엇인가요?

　　가장 좋아하는 특별한 음식은 없어요. 골고루 잘 먹어요. 과거에는 칼국수 같은 밀가루 음식을 좋아했는데 나이를 먹어가니까 변하더라고요.

음식은 고스란히 내 생각과 감정이 된다. 공장식축산으로 도살된 고기를 먹으면, 그들의 억울함이 몸에 들어와서 체하거나 구토했다. 채식을 실천하기로 결정한 뒤, 한때 밀가루 음식을 많이 먹어서 소화가 안 되고 머리가 아팠다. 무당이 되어서야 먹는 행

위의 소중함을 느끼고 기도하는 마음으로 요리하면서 식습관을 바꿀 수 있었다. 밀가루 음식과 기름진 양식을 피하고, 담백한 한식이나 가공하지 않은 채소 요리를 만들어 먹는다. 아침에 일어나 냉장고에서 꺼낸 채소를 씻고 다듬는 고요한 시간이 좋다.

"많이 빌어요. 싹싹 빌고 빌어요."

아침에 일어나서 무슨 일을 가장 먼저 하세요?

새벽에 일어나면 신당을 둘러보고 씻고 정안수(정화수)를 갈고 기도해요. 단골손님 잘되게 해달라고 빌고, 서해안 풍어제도 잘되게 해달라고 빌고. 그리고 아침 식사를 준비해요. 코로나 때문에 그동안 굿은 못 했어요. 그런데 정월달에 고사 형식으로 한 곳이 몇 군데 있어서, 거기서 (뱃사람이) 그저 실수 없이 배 부리게 해달라고 빌기도 해요. 그게 하루의 시작이에요.

정안수는 우물에서 길어 올린 맑은 물을 뜻한다. 보름달 아래에서 동그란 그릇에 정안수를 담아 '비나이다, 비나이다' 하며 평안을 빈다. 물과 불은 신의 기운이다. 한국 무당과 외국 샤먼뿐 아니라 모든 종교인은 물과 불을 다루며 기도한다. 정안수는 마음을 맑게 해주고, 촛불은 마음을 밝혀준다.

주무시기 전에 꼭 하는 일이 있나요?

　　자기 전에 신당을 둘러봐요. 신령님은 답이 없지만, 그래도 대화하듯이 신령님, 오늘 하루도 고맙습니다, 저희 이제 자고 내일 아침에 다시 뵙겠습니다, 그러면서 둘러봐요.

　　신령님께 인사를 올리며 하루를 마무리하는 선생님의 뒷모습을 상상했다. 나는 자기 전에 다음 날의 기도문을 미리 적는다. "오늘도 좋은 날씨를 주셔서 감사합니다. 제 몸을 통과하는 모든 기도 소리를 수용합니다." 그렇게 하는 이유는 내가 왜 이 일을 하는지 떠올리고 초심을 되새기고 싶어서다. 진실을 까먹지 않으려고 글로 적어놓듯이, 선생님도 아침에도 기도하고 잠들기 전에도 기도하시겠지.

정말 기도로 시작해서 기도로 끝나네요.

　　그렇죠. 많이 빌어요. 절을 하고 싹싹 빌고 빌어요.

　　선생님은 '빈다'라는 말을 강조했다. 나의 자리에서 뒤로 물러나 만물을 받들어 모시는 느낌이다. 나는 식구들과 가끔 노래방에 가서 흥을 풀고 오는데, 선생님은 굿 말고 어떤 방식으로 흥을 푸는지 궁금했다.

즐겨 부르는 노래가 있으세요? 저는 심수봉의 〈백만 송이 장미〉나

자우림의 〈누구라도 그러하듯이〉를 좋아해요.

심수봉 씨 노래도 좋은 게 많지. 〈백만 송이 장미〉도 너무 좋고. 우리 세대는 하춘화나 이미자 같은 분들 좋아하지. 그런데 무가(巫歌)에 젖어서 사니까 그런 노래를 다 잊어버렸어요. 옛날에 무당이 되기 전에는 가수의 꿈이 있었는데, 이제는 음도 모르고 박자도 몰라요. 무당으로 오랜 세월을 보냈으니까, 여기에 충실하게 살다 보니까 그냥 아, 이건 옛날에 들은 노래구나, 싶어요. 지금 노래는 좋은지도 모르겠고.

가수도 한을 풀고 흥을 나누는 직업이다. 선생님은 음도 박자도 모른다고 하셨지만, 굿에서 무가를 부르며 음과 박자를 타시는 모습을 영상으로 본 적이 있다. 굳이 여쭤보지 않았지만, 선생님은 가수가 아닌 무당이 된 걸 후회하지 않으실 것 같다.

예술 작업을 하다가 무당이 된 나에게 어떤 사람은 왜 계속 예술을 하지 않고 무당이 되었냐고 물었다. 나는 무당이 되고서 작업을 더 꾸준하게 한다고 말했다. 굿판에서 노래를 부르고 춤추고, 우연히 접한 사연을 글로 기록해 공유하고, 부적과 웹툰을 그린다. 무당은 다양한 형식의 예술을 할 수 있는 직업이기도 하다.

점사를 보느라 힘들거나 위로받고 싶을 때 어떻게 하세요?

남을 위해서 빌어줘야 되니까 내 삶에는 만족을 많이 못 해요. 우환이 들끓는 집을 많이 빌어줘야 하고, 자식을 못 낳던 집이 삼신 받아서 아기를 낳으면 아기가 건강하게 자라야 하니까 빌어주고, 대학교 시험이나 공무원 시험 보는 집도 빌어주고. 내 인생을 사는 게 아니라 남의 인생을 사는 거지, 일종의.

내가 빌어줬는데 일이 잘 풀렸다는 얘기를 들으면 마음이 뿌듯하고 좋죠. 보람을 느끼고. 무당은 잘 안 되는 집을 더 많이 빌어줘야 하고, 잘될 때까지 계속 빌어주는 역할을 해요. 그래서 어떨 때는 아, 내가 왜 무당이 돼서 이렇게 힘들고 고달프게 살지? 싶어요. 무당도 힘들 때가 있을 거 아니에요. 나는 어디 가서 치유를 받지? 모든 짐을 내가 다 짊어져서 사는 게 어렵고 마음이 답답하고 머리가 아프고 화가 나고 짜증이 날 때가 있어요. 그럴 때는 산 기도를 가. 즐겁게 차를 타고 산에 가서 기도하면, 접신도 접신이지만 마음이 편안해지고 말 그대로 힐링이 되지. 맑은 공기를 들이마시고 푸르른 풍경을 보고, 또 눈이 오면 하얀 설화를 보면서 응어리도 풀고 머리도 식히고. 그러고 돌아와서 다시 자리 잡고 손님을 보는 게 무당이거든요. 무당의 인생이 그래요.

다른 사람의 자리에 들어가 그의 말을 들어주는 일은 내시경 검사와 비슷하다. 온전히 타인이 되어야 하니, 일에서 로그아웃했을 때 마음의 뿌리를 둘 곳이 필요하다. 바다·개천·산·숲·풀. 자연에 마음이 뿌리를 내린다. 자연은 인간보다 오래된 신령 그 자체다. 문득 바다에 가고 싶어졌다.

저는 요즘 축구를 해서, 에너지가 많이 충전되더라고요. 선생님도 몸을 움직이는 다른 활동을 하세요?

아니요, 취미 생활을 해보지 못하고 살다 보니까 가끔은 아, 내가 뭘 하는 거지? 신령님한테 맞춰 살아서 내 시간이 없구나, 여기저기 다녀보지를 못했구나, 이런 생각도 들어요.

서해안 풍어제 단체의 굿도 준비하시고, 굿 교육을 진행하며 점사도 보는 선생님의 일정이 너무 바쁠 것 같았다. "신령님한테 맞춰 살아서 내 시간이 없구나" 같은 마음을 나는 아직 느낀 적이 없다. 내가 내림굿을 할 때 만난 무당 선생님의 말씀 덕분이다. 선생님은 내림굿을 앞둔 나에게 다가와 등을 쓰다듬으며 조용히 힘주어 말했다. "나는 평생 절하고 기도하다가 무릎이 나가고 몸이 다 망가졌어. 신이고 뭐고 일단 너 자신을 잘 돌봐. 너 자신을 아껴야 해." 할머니의 손길처럼 따뜻한 그 마음이 나를 내내 지지해주었다.

　　　무엇보다 나에겐 서로를 돌보는 식구들이 있다. 쉬는 시간이 부족하더라도, 마음을 나누는 관계가 있으면 버틸 수 있다. 무당이라는 직업 옷을 벗고 모든 역할에서 벗어나 고유한 나로 소통할 수 있는 관계 말이다. 일정을 마친 후 식구들과 밥 먹고 청소하고 정리하고 산책하면 마음이 기지개를 켠다. 선생님도 그런 관계가 버팀목이 되지 않을까 궁금했다.

마음을 나눌 수 있는 관계가 주변에 있나요?

　　　무속에 관한 일을 이해 못 하는 친구와는 거리가 멀어졌고, 대신 신의 동기, 신의 제자, 식구가 있지. 식구들은 이런 생활을 오래 접했으니까 잘 이해하고, 신의 동기도 자기네가 무당의 길을 가니까 서로 허심탄회하게 가정사 얘기, 신 얘기도 하고. 또 신의 제자들한테는, 옛날에는 이렇게 저렇게 했고 그래서 힘들었는데 그게 다 거쳐야 되는 과정이고 공부야, 얘기하면서 서로 의지해요. 신적으로도 인간적으로도 대화하고. 그리고 우리가 일주일에 한 번씩 교육하니까 많은 사람이 모여서 굿도 연습하고 금화당에서 웃으면서 대화도 하고. 그게 사는 낙이지.

선생님 곁에는 슬픔과 기쁨을 나누는 동료이자 도반인 사람들이 있다. 나도 그렇다. 인생의 나침반이 되어주는 작가 승은, 영감을 나눌 수 있는 밀레니얼 무당 가피, 악마학을 비롯한 온갖 오컬트 물을 소개해주는 우주, 함께 울고 웃는 무지개 무당 무무, 초록색 십자가 목걸이를 걸고 집회에 함께 나가 기도하는 도반 경해, 죽어가는 식물도 살리는 돌봄 전문가 별로, 반려견 달이·참새·커리·부엉이는 든든한 식구들이다. 나도 오랜 친구와는 연락이 끊겼다. 그들은 대부분 결혼해서 아이가 생겼고, 나는 결혼으로 맺어진 가족 대신 관계의 정상성을 질문하는 느슨한 공동체에서 살아간다.

선생님의 반려견을 소개해주세요.

조그마한 아이 이름은 이슬이고, 푸들은 짱구고. 말을 잘 안 들어요. 그래서 짱구라고 지었어요. 작은아들 며느리가 아기가 없을 때 기른 개가 새끼를 세 마리 낳았어요. 그래서 지인들 한 마리씩 주고, 짱구는 딸이 기르겠다고 해서 허락했어. 5년째 기르고 있어요.

나의 신당에도 손님을 가장 먼저 반겨주는 몰티즈 식구 달이와 참새가 있다. 어떤 손님이 오면 너무 좋아서 신당으로 따라 들어와 밖으로 나가게 하느라 애쓴다. 손님에 따라 달라지는 달이와 참새의 반응을 보면 재밌다.

그럼 이슬이와 짱구, 따님과 선생님이 이곳에서 같이 사세요?

2층에는 둘째 아들이 살고, 큰아들은 따로 살아요. 딸

하고 남편하고 생활해요.

> ### "나는 죽어도 무당 안 돼야지, 그랬는데."
>
> ___

무당이 된 삶의 경로를 설명해주세요.

김금화 선생님이 저희 고모님이잖아요. 일곱 살 때 아버지가 돌아가셔서가지고 초등학교에 가면서 고모님하고 같이 살았어요. 그 전에는 부평에서 살았죠. 어머니가 정월에 동생을 낳았는데 돌도 안 돼서 11월에 아버지가 돌아가셨어요. 제 위에는 오빠 둘이 있고 밑에는 여동생이 하나 있어요. 어머니가 서른둘에 청상과부가 돼서 자식을 다 기르질 못하니까 고모님하고 3년을 살았어요. 초등학교 졸업하고 다 크도록 같이 살면서 무당을 접했죠. 옛날에는 유신헌법 때문에 굿을 못 했어요. 집에서 굿을 하면 잡으러 오고, 잡혀가면 며칠씩 안 보여요. 학교 갔다 오면 고모님이 안 계셔. 어디 갔는지 물어볼 수도 없고. 아, 어디 굿 갔나 보다 생각했죠.

유신헌법 시절 소위 미신 타파를 위해 굿판을 단속했다. 근대 자본주의와 산업 발전이 시작되면서 중앙 권력에 힘을 집중하기 위한 한국판 마녀사냥이었다. 개개인의 영성☆과 공동체의 한풀이를 억압해야 지배자가 설 자리가 생기기 때문이다. 김금화 선생

님은 그 와중에 산속에서 나무에게 빌고 죽은 타자를 위해 빌고
비셨을 거다.

한 시간 동안 북한산(삼각산)을 올라가서 고모님이 굿
하시면 어머니가 부엌일을 많이 하셨어요. 수발도 들
고. 어머니가 거기 계시니까 밥을 얻어먹으러 갔어요.
그 높은 산을 어렸을 때부터 오르락내리락했어요. 집
에서 굿했을 때는 고모님이 굿하다 말고 없어지곤 했
어요. 어디로 갔나, 하고 봤더니 조그만 창문으로 나가
서 지붕을 타고 도망간 거예요. 어린 마음에 학교 갔다
와서 집에 들어가질 못하고 밖에서 막 맴도니까 속상
했어요. 이런 일이 많아서 나는 죽어도 무당 안 돼야지,
그랬는데.

**그저 한풀이와 원풀이를 하며 신명을 나누는 시간이 매섭게 통
제되는 풍경을 보며 선생님은 어떤 생각을 하셨을까.**

10대에 먹을 게 많지 않았는데, 고모님이 늘 굿을 하니
까 과일이며 떡이며 밥을 실컷 먹을 수 있었죠. 어머니
는 고모네 궂은일 하면서 조금씩 갖다 먹었고, 그런 일
이 없으면 시장에 나가서 장사했고. 어리니까 맛있는
음식을 먹는 건 좋았지만, 경찰이 고모를 잡으러 오고
그랬지. 학교에서 야! 쟤네 고모가 무당이야, 쟤네 고모

"무당 되고 고생 많이 했어요,
손님 만나서 편안하게 배 불리고
고귀하게 산 게 아니라."

마당에서 작두 타고 굿하더라? 이런 소리 들을까 봐, 학교 갔다가 집에 갈 때 친구들이 따라오면 딴 데를 한참 돌아다녔어요. 친구들 다 떨어뜨려놓고 집에 갔죠. 학교에서 돌아오면 고모님이 넌 내 뒤를 따라야 된다, 무당이 돼야 된다, 그랬어요. 그 소리가 듣기 싫었어요. 초등학교를 졸업하고 열네 살이 된 해에 작두 타는 고모님을 마주쳤는데, 그때도 작두에서 넌 내 뒤를 따라야지! 넌 무당의 길을 가야 된다고! 소리 지르더라고. 굉장히 듣기 싫은 말이었어요. 그래서 아우, 난 무당 되면 죽어야지, 생각했어요. 한창 공부해야 하는 어린 나이인데 무슨 무당이 되라고 그러나 싶어서 속이 많이 상했고, 무당 안 될 거라고 맹세했어요. 무당 되면 약 먹고 자살한다고 그랬는데.

어린 나를 먹이고 입히며 보살펴주는 사람이 무당이라는 이유만으로 천대받고 억압당하는 모습을 보면서 선생님은 얼마나 슬펐을까. 그런 차별에도 꿋꿋이 자신의 길을 가는 김금화 선생님의 삶이 얼마나 서글프게 느껴졌을까. 그래서 무당이 될 바에는 차라리 죽는 것이 낫다고 생각하셨을까.

열여섯, 열일곱 살 때 수면제, 신경안정제를 먹었어요. 그런데 한 이틀 자고 일어나면 멀쩡했어요. 고모님 댁에는 박수도 있고 무당도 있었는데 그분들이 이렇게 많이 얘기했어요. 아유, 야, 넌 한 열아홉 살 정도에 무당 되겠다. 야, 너 스물다섯을 넘어가지 못하겠다.

열여덟 살에 남자를 알아가지고 열아홉 살 겨울에 아기를 하나 낳아서 일찍 결혼했어요. 스물셋에 작은 아들을 낳고서 신의 풍파가 삶을 흔들기 시작했죠. 애가 조금 크니까 초등학교도 못 갔는데 아팠어요. 그래서 어쩔 수 없이 무당이 됐죠.

선생님의 이야기를 들으니 자살을 시도했던 때가 떠올랐다. 열여섯 살, 기쁨도 온기도 없는 인생이 너무 피곤하고 귀찮고 무의미했다. 수면제를 구할 수 없어서 깨진 유리 조각으로 손목을 그었다. 막상 피가 흘러나오자 생각이 바뀌었다. 어차피 죽으면 썩어 없어지는 몸, 나처럼 고통스러운 사람을 돕다가 돌아가자고 결심했다. 목숨을 연장하다 보니 서른셋이 되도록 살아 있다. 누구에게나 모든 걸 포기하고 싶은 순간, 죽음 앞에서 느끼는 절대적으로 고요한 순간이 있다. 위기처럼 보이는 그 순간, 새로운 삶이 시작되기도 한다. 나는 열여섯, 스물셋, 스물여섯, 서른에 고비를 넘기고 마지막으로 잡은 지푸라기가 무당이었다. 많은 강신무가 죽음의 문턱에서 신내림을 받는다. 선생님이 아이를 보호하며 죽지 않고 살기 위해 무당의 삶을 선택하신 것처럼, 나도 사회와 인간에 환멸을 느껴 삶을 등지려 할 때 신의 언어를 찾아 무당이 되었다.

처음에는 무당이라는 직업을 굉장히 불신했어요. 남들이 아우, 저 무당 굿해, 하면서 욕하고 무당 잡으러 백차가 오고 무당이 경찰서 가는 걸 어렸을 때 봤으니까 너무 충격이잖아요? 지금은 세월이 좋아요. 차로 굿당까지 쭉 들어가서 굿하니까.

저 무당 됐을 때는 천마산 밑에서 짐을 이고 지고 올라갔어요. 집에서 반찬 다 하고 김치까지 담갔으니 짐이 얼마나 많겠어. 이삿짐을 옮기는 거야, 맨날. 무형문화재고 워낙 큰 단체니까 한 해에 행사가 많잖아요. 그러니까 행사에 필요한 음식 사는 걸 허용하지 않으셨어. 예산이 적으니까 매번 집에서 들통에다 밥을 찌고, 반찬을 직접 하고, 식판을 챙기고. 무당 되고 고생많이 했어요. 손님 만나서 편안하게 배 불리고 고귀하게 산 게 아니라 제2막의 인생을 살았다고 해도 과언이 아니죠. 그렇게 살다 보니 10년이 지나고 20년이 지나고 30년이 지나서 내 자리가 생기고 큰소리칠 수 있는 계기도 생기더라고요.

제가 일곱 살 때 아버지를 잃었다고 그랬잖아요. 아버지 살아 계셨을 때가 자꾸 그리워서 지금도 그런 생각을 해요. 아, 우리 아버지가 돌아가시지 않았다면 내가 무당이 될 필요 없이 행복하고 편안하게 살았을 텐데. 예전에는 부유한 집안에 살다시피 했으니까. 그 시절이 문득문득 떠올라요.

> "빨간 건 하늘이요, 남색은 땅이요,
> 노란 거는 사람이란다."

어린 시절을 되돌아봤을 때 아쉬운 점은 없으세요?

집에서 저를 초등학교만 졸업시키고 이후에는 공부를 안 가르쳤어요. 딸은 왜 그렇게 등한시했는지 몰라. 작은오빠가 성격이 고집스럽고 공부를 굉장히 잘했는데, 결국 사회에 나가서는 일이 잘 풀리지 않았고.

고모가 때때로 얼마나 냉정하고 찬 분이었는지 몰라요. 당신 조카딸도 무당이라서 같은 삶을 살아야 하고 남한테 듣기 싫은 소리도 들을 거고 욕도 먹을 테니까 엄하고 냉철했어요. 저를 포함해서 제 신의 동기, 신어머니의 나이 먹은 신딸들 보고 가끔씩 야, 이 무식한 년아! 야, 이 미련한 년아! 이렇게 욕을 퍼부었어요. 그래서 너무 속이 상했어요. 나는 무식하지도 않고 미련하지도 않은데 어떻게 저따위로 얘기하지?

어느 날 뒤늦게 다시 학교를 가기 시작했어요. 공부를 해야겠다, 무당이지만 공부를 열심히 해야겠다, 이런 생각을 늘 했거든요. 어린 시절에 받은 고통도 있고, 일찍 결혼해서 애 낳고 무당의 길을 가다 보니까 못 배운 게 한이 됐으니까요.

공부를 못 해서 한이 됐다는 말씀을 들으니 바리데기가 떠올랐

다. 일곱 번째 딸로 태어나 여자라는 이유로 버림받은 바리. 바리
데기의 한은 넋두리가 되었고 넋두리에 멜로디를 입힌 노랫말이
구전으로 전승되어 무가가 됐다. 주류의 역사는 비장애인·백인·
남성 중심의 언어로 쓰였다. 많은 여성의 삶은 바리데기 서사가
구전되었듯이 주로 입에서 입으로 전해졌다.

40대 후반에 중학교 검정고시를 보고 고등학교를 야간
으로 다녔어요. 고등학교를 졸업할 때가 되니까 명지
대학교 사회교육원 학과장님이 금화당으로 찾아오셨
더라고요. 고모가 역사적인 무당이기도 하고 어릴 때
고모 집에서 지냈으니까, 무당의 본은 어디인가? 무당
의 삶이 어떻게 시작됐을까? 이게 늘 궁금했어요. 그런
내용은 기록이 되어 있지 않고 다 구전으로 내려왔기
때문에. 그래서 내가 대학교에 가야지 생각하고 있었
는데, 학과장님이 문화콘텐츠 과정이 있는데 교육원에
서 학위 받을 생각이 없겠냐? 하시더라고. 글쎄요? 그
러니까 몇 번 더 오시고 사람도 보내시더라고요. 명지
대학교 문화콘텐츠 과정으로 2년제를 수료했어요.

　　우리 무속과 문화에 대해서 공부하니까 너무 재밌
더라고요. 학교에 가서 수업을 들으면 눈이 초롱초롱
했죠. 이론을 많이 배웠는데, 역시 교수들도 모르는 게
너무 많았어요. 신어머니가 늘 그런 말씀을 하셨어요.
무속에서 오색만 쓰는 줄 아냐? 삼색도 쓴다. 빨간 건

하늘이요, 남색은 땅이요, 노란 거는 사람이란다. 저는 어려서부터 신어머니의 말씀을 듣고 배우면서 굿 속에 살았죠.

무당이 되었다고 바로 신관(神觀)이 형성되지는 않는다. 수년간의 경험과 공부가 필요하다. 선생님이 수십 년의 세월 동안 구전으로 듣고 현장에서 배운 한국 무속신앙 이야기를 글로 기록해주시면 얼마나 좋을까!

워낙 사는 게 바쁘고 신어머니가 이름이 높으니까 할 일이 많아서 공부를 끝까지 못 하는 바람에 학위는 못 받았어요. 학과장님이 논문도 쓰고 학위를 받아라 받아라 했는데 그러질 못해서 조금 아쉬워요. 옛날에는 축원문★도 다 구전으로 내려오니까 우리 신어머니의 동기들도 그렇고 연세 잡순 분들은 글씨를 몰라요. 보통 축원문을 장부에다 써서 신당에 올려놓죠? 그런 분은 귀에다 대고 얘기해줘야 돼. 머리가 참 좋은 거야. 귀띔으로 몇 마디만 해주면 다 축원했으니까. 그분들 지금도 살아 계셨으면 백 살쯤 됐을 거야.

엄마의 고향 원천에 살던 서 할머니가 생각났다. 할머니는 동네에서 '박사'라고 불렸다. 정규교육을 받진 않았어도 점성학으로 길흉을 점쳤고, 관상을 봤으며, 뜨개질로 공예품을 만드셨다. 엄

마를 따라간 할머니의 집은 작지만 아기자기한 문양으로 가득
차 있었다. 할머니는 은하수에서 온 완두콩이라며, 완두콩을 한
바가지 담아 나에게 주셨다. 매일 세 알씩 먹으라고 하면서. 그때
는 할머니가 그냥 건강에 좋은 완두콩을 주셨다고 막연히 생각
했지만, 지금은 그 의미를 알 것 같다. 할머니는 콩에 깃든 영혼
을, 작은 콩 한 알에 담긴 은하계를 소개해주고 싶었던 게 아닐
까. 무속신앙은 글을 모르고 교육과정을 거치지 않아도 누구나
축원하고 빌 수 있을 만큼 문턱이 낮았다.

옛날에는 낫 놓고 기역자도 몰라도 양반 집안에서 무
당이 나온다고 그랬어. 그래도 여자라서 공부를 많이
안 시켰지. 그런데 지금은 무당들이 공부를 많이 하니
까 그때랑은 좀 다른 것 같아.

공부를 너무 많이 하면 영이 맑지 못하다는 이야기를 들었다. 나
는 예전에 습득한 인간 중심적인 관점, 비장애인·백인·남성 중심
의 '합리적이고 이성적인' 서사에 익숙했는데, 무당으로 수행하
면서 때를 벗기고 있다. 사회가 강요하는 기준과 질서에서 해방
되어, 만물과 직접 교감하며 살아가는 리듬을 배운다고 해야 할
까. 제도권의 공부만 열심히 하지 않았지, 우리는 공부를 멈춘 적
이 없다.

그들도 영혼이 있다

무당은 사회에서 소외되거나 억울한 존재를 달래주고 공동체의 한을 풀어주는 역할을 담당해왔다고 생각해요. 저는 공장식축산으로 희생된 동물의 한을 풀어주는 위령제를 준비하고 있어요. 선생님은 요즘 어떤 존재의 아픔에 공명하시나요?

옛날에는 살아 있는 돼지를 잡아서 굿을 했죠. 학교 다녀오면 재갈 물리고 묶어놓은 돼지가 꿀꿀거리고 있었어요. 가마니에 물 받아서 돼지를 넣고 이런 걸 너무 많이 봤어요. 대수대명★을 보내라고 흔히 그렇게 했는데 지금은 안 하잖아요. 죄스럽기도 하고. 오래전에는 개도 잡아서 굿을 했어요. 이북에서는 개 사신굿★이라고 해서 기르던 개도 잡고, 돼지를 3년 기르고 제물로 바쳤죠.

지금은 세월이 좋아져서 살아 있는 짐승 직접 잡지 않고 공장에서 가공된 게 나오잖아요. 우리도 그걸 써요. 소도 사람하고 똑같이 열 달 지나서 새끼를 낳거든요. 소도 죽기 전에 눈물을 뚝뚝뚝뚝 떨어뜨려요. 그걸 보니까 너무 안타깝더라고. 소를 자주 잡아서 굿하는 거는 아닌 것 같아. 이건 내 소견이에요. 흔히 무당이 소 잡아서 굿하면 뭐 엄청 대단한 줄 아는데, 소를 잘못 잡으면 다 뒤집어져요. 소가 꿈에 나오면 우리 조상이라고 하잖아요. 우리 신어머니한테 짐승 많이 잡

"돌아가신 분의 말을 전하면
산 사람은 그 말을 듣고
가슴에 맺힌 한을 다 풀어요."

고 굿하는 건 별로 좋지 않으니까 이번에는 누구네 소
그만 잡으세요, 그러니까 야, 나도 그만하려고 그런다
야, 죄짓는 것 같아서, 그렇게 얘기하시더라고.

**선생님은 비거니즘이 뭔지 모르실지도 모른다. 하지만 동물에게
도 혼이 있고, 그들을 꼭 희생할 필요는 없다고 생각하셨다.**

얼마 전에 반려견 위령제 굿을 했어요. 마로니에 가서.
말 진오귀(지노귀)☆도 해주고. 말 진오귀 할 때는 염(念)
을 하고 말이 좋아하는 당근을 차려놓고, 신령은 신령
대로 음식을 차려놓고 굿을 했어요. 동물들도 위령제,
진오귀를 그렇게 해줘요. 개도 그렇고 우리가 두어 번
했어요. 사람이 죽으면 짐승으로 변하기도 하고 나비
로 변하기도 하니까 유기견을 기르고 길고양이 밥도
주고 그런 거죠. 그런 애들도 영혼이 있어서 죽으면 마
음이 아프고 안타까워요.

**반려동물을 천도(薦度)해주려는 손님이 종종 찾아온다. 그럴 때
신당에 있는 코시차임☆을 사용한다. 손님이 눈을 감은 채 반려
동물을 떠올리고 이름을 불러주는 동안, 나는 그 존재에게 공명
하며 맑은 종소리를 낸다. 손님이 슬픔을 충분히 털어내고 반려
동물을 보내줄 준비가 되면, 창문을 열어 종소리가 밖으로 퍼지
도록 안내한다. 손님은 그 소리와 함께 반려동물을 떠나보낸 후**

눈을 뜬다. 보호자가 죽음을 애도해주는 동물도 있지만, 도축된 후 애도 없이 사라지는 동물이 대부분이다.

공동체의 원을 푸는 나라굿

예전에 나라굿을 많이 했어요. 삼풍백화점이 무너졌잖아요? 거기서 영혼을 달래는 굿을 했는데 너무 무서웠어요. 신어머니하고 일곱 명이 저승으로 가는 길을 천으로 가르고 보내드렸어요. 성수대교도. 몇십 년 된 옛날얘기지. 대구 지하철에 불났을 때도 굿을 했었고, 천안함 사건 때도 연안 부두에서 사진 다 걸어놓고 굿을 했고요. 과거에 비행기가 폭파됐을 때도 나라굿을 했어요. 큰 사고가 나서 돌아가신 분, 연고도 없이 돌아가신 분들을 위해서. 김대중 대통령 돌아가셔서 추모제도 했고요.

천안함 굿을 할 때는 허리에다가 소창 몇 필을 묶어 나도 모르게 사방팔방 물로 뛰어 들어갔어요. 세월호 굿 할 때도 분수나 물 있는 데로 들어가려고 하니까 사람들이 다 저를 잡았어요. 그냥 물에 뛰어들고 싶은 심정밖에 없더라고요. 다시 일어나서는 안 되는 너무 가슴 아픈 일이에요. 무당은 돌아가신 분하고 산 사람의 매개자, 중간 역할을 해요. 돌아가신 분의 말을 전하면 산 사람은 그 말을 듣고 살풀이, 흥풀이, 심풀이 겸 가슴에 맺힌 한을 다 풀어요. 세월호 참사 때 나라에서 뭐 해줬어? 응? 교회에서 기도하고, 스님이 와서 염불했지? 무당들이 가서 영혼을 달래야, 영혼을 실어야 자기 엄마 오면 엄마를 찾아보기도 할 텐데, 나라에서 굿을 잘 허용하지 않잖아요. 그러니까 우리나라에서 굿하는 사람들은 인천시나 문화재청 같은 데서 예산을 받아가지고 안타까운 영령들을 달래기도 해요.

옛날에는 무당을 신녀라고 했잖아요? 무당이 궁에 책사로 있으면서 비가 안 오면 기우제를 지냈고 농사가 잘 안 되면 풍년을 기원하는 굿을 했어요. 또 나라가 편안치 않으면 국태민안하라고 늘 기도했고. 마고(麻姑) 시대★에서 시작해서 환인, 환웅천왕, 단군의 자손이잖아요, 우리가. 우리가 다 신의 말을 전하는 제자란 말이에요. 무당은 나라의 일로 제사를 지낼 수 있는 큰 제사장이에요. 죽은 사람의 명복을 기원하고, 명이 짧은 사람에게 명을 나누어 늘려주고, 아픈 사람들은 덜 아프게 해주고, 이렇게 생명을 위해 비는 거예요. 이런 게 무당인데 무당을 사기꾼으로만 보는 건 아니라고 봐요.

"굿은 종합예술이니 편견 없이 봐달라"라고 하신 김금화 선생님의 말씀이 인상 깊었어요. 세월호 참사 희생자를 위한 추모굿을 하시는 모습도 좋았고요. 선생님에게 굿이란 무엇인가요?

그렇죠, 종합예술. 화곡동에 가면 신부의 집이 있어요. 강의를 하러 거기에 갔는데 신부님들이 하시는 말씀이, 자기들은 신부 공부를 하러 외국에 나가서 자랑할 한국 문화는 굿밖에 없대요. 그래서 우리를 초대해서 같이 미사도 보고 마주앙(Majuang)도 먹고 우리 무속과 무당 얘기도 하고. 그러니까 종교에 편견을 두지 않으면 좋겠어요. 교회도 절도 다 똑같아요. 하느님은 은총을 베풀고, 부처님은 가피를 베풀고, 천지신명님은 한과 원을 풀고. 무속신앙은 우리의 뿌리이자 얼이기도 하고요.

옛날에 이런 말이 있어요. 며느리가 굿판에 가서 춤을 너무 많이 추니까 시어머니가 며느리 꼴 보기 싫어서 굿을 못 한다. 애환이 많기도 하고 그동안 쌓인 한을 어디 가서 못 푸니까, 굿을 하면 그냥 며느리들이 회포를 풀기 때문에 생긴 말이에요.

굿의 본질은 '한풀이'다. 한이 풀려야 흥도 실린다. 굿판은 차별받고 밀려난 존재들의 응어리를 풀어주는 자리다. 이 자리에서 행하는 정성이 하늘을 감동시키고 땅을 움직이는 기적이 된다. 하늘은 타자의 마음이고, 땅은 우리가 지탱하는 사회의 부조리한 질서다.

나는 인도에서 일본의 부토춤☆을 추다가 접신하고 신내림을 받
았다. 한국에서 내림굿을 했으니 전통적인 무당이기도 하지만,
이름이 '칼리(힌두교의 신 이름)'인 만큼 내 정체성에는 여러 종교
가 섞여 있다. 애초에 샤머니즘은 모든 종교의 뿌리라서 짬뽕인
것이 자연스럽다. 그래서 신내림을 받은 후에도 다양한 종교와
각 나라의 샤먼 문화를 배우고 싶어서 여러 나라를 돌아다녔다.
하늘과 땅, 만물을 섬기는 태도는 같지만 그것이 표현되는 양상
은 조금씩 달라서 재밌었다. 샤머니즘은 각 문화에 뿌리를 내려
기후에 따라 다르게 자라는 야생초 같다. 외국인의 굿 의례를 치
러온 선생님은 다른 나라의 샤먼 의식을 어떻게 보시는지 궁금
했다.

선생님은 외국인을 대상으로 신내림 의식과 굿 교육을 진행하시
죠? 외국의 샤먼 문화를 접한 경험을 들려주세요.

　　독일인 안드레아 칼프 아시죠? 안드레아가 우리 신어
머니 신딸인데, 독일에 있는 사람들은 내림굿을 하면
신당에 신을 모셔놓고 점을 봐주고 상담하는 게 아니
라 네오샤먼☆이라고 해서 기 치료,☆ 마음의 치료를 많
이 해요. 그러니까 전 세계에 샤먼이 다 있기는 한데 조
금씩 다르더라고요. 또 외국에서는 쑥 냄새가 나는 향
을 사방에 피우는 방법도 쓰더라고요.

지역에 따라 여러 가지 허브 잎을 돌돌 말아 말려서 향을 피우기도 한다. 페루 샤먼이 사용하는 마파초(mapacho)는 인류 최초의 담뱃잎이기도 하다. 의식에 앞서 샤먼은 마파초 연기를 몸에 불어 정화하며, 자연에서 얻은 약초로 사람들이 황홀경과 트랜스 상태☆를 직접 체험하게 해 치유를 돕는다. 사람들은 이 체험으로 만물이 서로 연결된 하나임을, 만물의 신령스러움을 각성한다. 이때 샤먼은 약초의 올바른 복용법을 알려주고 곁을 지켜주는 약사·의사·치유사·영혼의 동반자로서 역할을 수행한다. 페루 샤먼의 의식은 한국에서 술을 활용해 억울함을 분출하고 흥을 돋우던 굿판의 의식, 중세의 마녀들이 치유사로서 해왔던 약초 처방 및 의식과 흡사하다. 술과 담배, 마약이라 불리는 약초는 오래전부터 정화와 치유를 위해 쓰인 자연의 선물이다. 그래서 어떤 약초든 좋은 의도와 기도하는 마음으로 사용하면 치유의 통로가 될 수 있다.

세계 각지의 샤먼을 만나면서 나도 비슷한 감상을 느꼈다. 외국에서 여러 방식의 신내림 의식을 거치고 한국에 돌아와 샤먼으로 활동하는 사람도 많다. 그들은 약초 체험을 돕거나 프라나 힐링,☆ 레이키☆를 하기도 한다. 여러 문화권의 샤먼들이 한데 모여 지구를 위한 큰 굿판을 열면 얼마나 좋을까?

세계 샤먼 축제는 어떤 행사인가요?

아시아와 유럽에서 3년에 한 번씩 했는데 지금은 없어졌어요. 축제에는 아시아권의 박수가 많았죠. 여자

보다는 남자가 많았어요. 각지에서 온 샤먼들이 방마다 모여서 워크숍을 했어요. 언어도 다르고 인종도 달라도 조상이 실리는 것도 그렇고 오방색도 다루더라고요. 신기하게도 비슷한 점이 너무 많았어요.

나의 신선생님은 종종 말했다. "왜 우리 것을 놔두고 서양 신을 모시냐?" 무속을 편견 어린 시선으로 보는 기독교인에게 하는 말이자, 이름이 칼리고 여러 신을 모시는 나에게 하는 말이었다. 여러 문화권의 샤먼 의식을 보면, 다양한 예술가가 자기만의 방식으로 작업하는 모습 같다. 어떤 종교가 더 우위에 있거나 강력한 게 아니라 식물처럼 각자의 자리에서 각자의 모양으로 자랄 뿐이다. 공동체와 개개인의 치유를 위해 애쓰는 샤먼들의 예술이 계속됐으면 좋겠다. 발 딛고 선 땅은 모두 달라도, 같은 하늘 아래 모든 문화와 만물이 신령스러우니까.

워크숍 때 다른 방에는 몇 명 없어도 우리 방은 발 디딜 틈이 없었어. 다들 징, 장구, 피리 소리에 이끌려 와서 몸이 벌써 흔들려. 흥기, 신기가 많은 사람들이라. 입장료가 우리나라 돈으로 30몇만 원이었는데도 인기가 어마어마했어요. 그러니까 우리나라 굿이 최고인 것 같아요. 외국 나가서도 우리가 500년 된 성당, 600년 된 교회 같은 데서 공연 많이 해요.

한국 무속신앙의 특징은 원색과 직선의 소리가 많다는 점이다. 파스텔 톤이 아니라 뻘겋고 노랗고 퍼런 색깔, 고요히 울려 퍼지는 느낌이 아니라 쨍그랑거리며 "나 여기 있다! 우리는 존재한다!"라고 일깨우는 소리. 사계절이 뚜렷하고 바다와 산이 골고루 있어서일지도, 풀지 못한 한이 많아서일지도 모른다. 바람이 많이 부는 고원지대의 몽골 샤먼은 알록달록한 전통 의상을 걸치고 오래된 북을 울리며 오버톤(overtone, 배음)을 낸다. 오버톤은 '후미'라고도 불리는데, 티베트 스님은 이 창법으로 진언을 외우고 명상을 한다. 신의 숨결이기도 한 바람에 귀 기울이는 몽골 샤먼은, 바람 소리를 닮은 오버톤을 내며 신령님과 접신한다. 한국 샤먼의 소리에 애환이 느껴진다면, 몽골 샤먼의 소리에는 그리움이 묻어 있다. 모두 애틋하다.

외국 성당과 교회에서도 굿을 했고, 다른 데는 장소가 크지를 않으니까 주립대에서도 했고 로마에 간 적도 있어요. 하여튼 전 세계적으로 많이 다녔어요. 흔히 샤먼끼리 비슷한 점이 많긴 한데, 조금씩 다르죠. 우리 굿은 악기가 어우러지니까 다들 즐거워하고 좋아하더라고요.

책상 옆에는 선생님의 사진이 보였다. 수녀복을 입은 수녀님들과 한복을 입은 선생님이 미소 지으며 나란히 서 있었다.

주로 어떤 분들이 굿 교육을 받으러 오세요?

아무래도 신의 아기들이죠. 신어머니랑 떨어지고 오갈 데 없고 굿은 배워야 되겠고, 이런 사람들이 많이 와요. 실전과 똑같이 옷을 입고 방울부채를 들고 징, 장구를 치고 앉아서 사설과 만세바지장단*을 배우고 춤추면서 되게 즐거워해요.

신의 제자가 된 지 10년 된 사람, 굿을 못 하는 사람, 내림굿하기 전에 오는 사람도 있어요. 내림을 해야 되는데 먼저 굿을 좀 알고 싶다 그러면 어떤 신은 어떻고, 신의 깊이가 어떻게 되는지 이론적인 얘기도 해주죠. 별자리와 산과 들과 바다에도 신이 있다, 나무와 공기와 조상님은 어떤 신이다, 이런 걸 배우는 것도 중요하거든요.

무당이 되기 전에 오신 분들 얘기를 좀 더 해주세요.

무당 되기 전에 자기 신기를 알아서 미리 굿 배우고 굿 하는 거예요. 중국에서 한국으로 시집온 지 20년 넘은 사람이 신이 왔어. 이미 몇 년 전에 사주를 공부해서 사주를 봐. 이제는 신을 내려야 되겠다, 안 되겠다, 그래서 수소문해가지고 나한테 와서 몇 개월 배우고 있어요. 중국 백두산 쪽에서 와서 그런지 (그쪽은 장군 신령

님이 세거든요) 장군 칼 들고 노는 걸 너무 좋아해. 너무
잘해요.

저처럼 신선생님과 일찍 떨어진 무당이 많은 것 같더라고요. 이런
분들에게 어떤 말씀을 해주고 싶으신가요?

말문이 먼저 터져서 신선생을 찾으러 다니는 사람이
있어요. 신기가 있는 사람도 원숭이가 나무에서 떨어
지듯이 자기도 모르게 실수할 때가 있거든. 그러니까
내림받을 신선생을 고를 때는 신중하게 생각해야 돼
요. 사실 남남끼리 만나서 뭐가 그렇게 잘 맞겠어. 서
로서로 맞춰가야지. 자식과 부모도 맞지 않아서 으르
렁거릴 때가 있는데. 신을 모시면 다시 태어나서 신엄
마와 신의 딸과 아들이 인연을 맺는 거니까 서로 아픈
데는 어루만져주고, 뭘 잘못하면 혼내주고, 혼내고 나
면 달래고, 안타까운 것도 불쌍한 것도 알아야 되고.
이래야 사이가 끈끈해요. 그런데 내림굿했다고 금방
신선생을 버리고 싸우는 사람들은 그런 마음이 부족한
거야.

또 신선생은 신제자를 두고 너무 욕심부리면 안
돼. 마음을 내려놓고 비워야 돼. 그리고 가난하고 어려
워서 내가 당장 거느리지 않으면 못 먹고사는 애는 한
번이라도 더 가르치고 더 부르고 관리해서 길을 열어
줘야 돼. 그게 신선생의 책임이라고 봐요. 내림굿을 해

서 무당을 만들어놓고 그냥 버리지 말고, 신이 새로 내린 제자도 신선생을 버리지 말고. 같이 의논해서 틀린 거 있으면 얘기하고, 배울 점이 있으면 유심히 봐서 배우고. 신의 세계라는 게 그래요.

나는 신선생님과 자주 왕래하진 않았다. 선생님은 내림굿을 하러 계룡산으로 가는 차 안에서도, 산에 도착해서도, 쉬지 않고 무속신앙과 무당 이야기를 해주셨다. '네가 아는 모든 걸 내려놓아라. 내 얘기를 절대적으로 믿고 받아들여라'라는 태도로 말씀하셔서 묘한 압박감을 느꼈다. 내림굿 의식 전에 모든 신선생님이 제자를 압박하는지 알 수 없다. 하지만 내림굿이 끝나자 선생님은 돌연 온화하고 친절하게 신의 세계를 설명해주고 내 이야기도 잘 수용해주셨다. 지붕으로 하늘을 모두 가렸다가 짠! 하고 무한한 하늘을 보여주며 낯선 자유를 만끽하게 하려는 것 같았다. 벽이나 산을 넘었다는 감각을 느끼기도 했다. 내림굿 절차를 거치면서 교도소 생활이 떠올랐다. 교도소에 수감되기 전에는 나를 짓누르던 교도관이, 내가 교도소를 나오게 되자 정반대로 상냥해졌을 때 이상한 해방감이 있었다. 교도소에 들어갔다가 나온 것을 일종의 '통과의례'로 느꼈다. 내림굿도 마찬가지였다.

사실 위계를 이용해 신입의 군기를 잡는 문화는 널리 퍼져 있다. '군기'라는 용어에서 드러나듯 군사주의의 영향도 있을 거다. 이런 경향을 나는 호모소셜(homosocial)의 감수성, 영화 〈위플래시〉(2015) 감성이라고 부른다. 기강을 세운다는 명목으로 행해지는 의식들이 싫어서 학교를 안 가고 한국 사회를 등지고 해외로 떠난 내가 왜 무당이 되면서 강압적인 방식을 따라야 하나 고민했다. 신령님은 두려움을 주는 게 아니라 두려움을 가져가는 존재인데. 두려움을 거두는 해방이 신명인데. 악한 기운을 내쫓으려고 압박할 수도 있지만, 악한 기운이기 전에 먼저 인간으로 존재했을 영혼의 이름을 불러주고 억울함을 달래주는 방식으로 퇴마할 수도 있다. 두려운 상(像)을 만들고 뒤늦게 이를 풀어주는 대신, 애초에 모든 두려운 상을 풀어주며 함께 수행하는 도반으로서 스승이 제자와 관계 맺을 수 있다. 신내림을 받고 싶다고 찾아오는 사람들에게 나는 서로 도반이 되자고 제안한다.

무당끼리 원활하게 소통하는 경우가 자주 있었나요?

교회는 단합이 되게 잘되잖아. 서로 잘 이해하고 집사님, 권사님 하잖아요. 그런데 신의 세계는 자기가 다 위야. 무조건 내림만 하면 자기 위에 사람 없어. 굿쯤은 어느 정도 잘해. 그럼 흥, 콧방귀 뀌고 자기가 제일 대단한 줄 알아. 옛말이 틀린 게 하나도 없어. 벼가 익으면 익을수록 수그러져라. 신에 대한 나이를 먹을수록 수그러져야 돼. 비판을 받아들일 줄도 알고, 감사할 줄도 알고, 서로 이해할 줄도 알고, 남의 말을 경청할 줄도 알고, 사람의 마음을 들여다봐야 하고. 그래야 같이 어우러져서 갈 수 있는 인연의 단계가 되거든요. 저는 늘 그렇게 생각하고 살아요. 그래서 신제자들이 들어

오면 신중하게 처신하고.

나는 고개를 격하게 끄덕였다. 무속신앙은 제도권 종교처럼 교리가 자세히 기록된 하나의 경전과 계율, 특정한 지역을 담당하는 성직자가 존재하지 않으니 지역마다 시대마다 무당 개인마다 다른 방식으로 꽃피는 것 아닐까? 그러니 누가 더 전통적이고 누가 더 큰 신을 모시고 누가 가장 올바른 굿을 하는지 판단하기 시작하면 무당끼리 소통할 틈새는 없어진다. 각자의 방식을 존중하며 공존하면 좋겠다.

선생님은 이사 온 지 5개월이 지났다고 했다. 그 전에는 낙후된 동네에서 번듯하지 않은 집에 살았는데, 집이 이 정도밖에 안 되냐며 돌아간 손님이 있었다고 한다. '무당' 하면 신령님의 얼굴 조각상과 호화로운 물건과 화려한 불빛이 떠오른다. 방이 좁든 크든, 화려하든 아니든, 내가 발을 딛고 정성을 다하는 곳이 신당 아닐까. 쓰러져가는 집에서 향 하나를 피우고 손님을 받고 기도하는 무당의 이야기를 들은 적이 있다. 장판이 노랗고 벽이 하얀 두 평 남짓의 신당에는 책상 하나와 방석 두 개가 놓여 있고, 책상에 향이 하나 피워져 있다. 손님은 자리에 앉아 자신의 사연을 말하고 무당은 그 사람이 걸어온 인생에 감응해 함께 운다.

선생님은 하느님을 믿든, 부처님을 믿든, 천지신명을 믿든 말이 약간씩 다를 뿐이지 다 같은 신을 섬기는 거라고, 우리는 하늘을 머리에 두고 사는 사람이므로 다 똑같다고 했다.

책을 잘 써주길 바란다며 나를 배웅하는 선생님, 짱구와 이슬이에게 작별 인사를 하고 집으로 돌아가는 길, 구름 없는 하늘을 바라봤다. 하늘 아래 모든 존재가 서로 사랑하며 살기를 바라는 마음으로 두 손을 모았다. 인터뷰하기 전 꿈에 나온 할머니도, 혜경궁 선생님도 같은 마음으로 오늘도 빌고 계시겠지.

신내림을 받은 후 신령님에게 들은 첫 번째 메시지가 떠올랐다. "지팡이를 들고 다니며 글을 써라." 기억되지 못하고 기록되지 못한 이야기가 아직 많다. 그 이야기를 주우러 다녀야겠다.

영성 삶에서 영감이 되고 내적 성찰을 돕는 에너지를 의미한다. 다른 말로는 타자의 자리를 상상하는 상상력이자 공감 능력이다. 신령스러운 타자와 만물을 인식하고 관계 맺는 샤머니즘도 이런 영성을 토대로 한다.

축원문 굿을 할 때 부르는 무가의 가사이자 기도문으로, 신에게 비는 소원을 담는다.

대수대명 수명을 대신하고 명을 대신한다는 뜻이다. 무속신앙에서 액운을 전이하는 의식으로 표현된다. 보통 비인간 동물을 제물로 바쳐 인간의 액운을 옮길 때 사용하는 말이다.

사신굿 죽은 존재의 넋을 천도하기 위해, 죽음을 관장하는 사신에게 제물을 바치며 달래고 비는 굿이다. 비인간 동물을 제물로 바치는 경우가 많았다.

진오귀 죽은 존재의 넋을 천도하는 굿이다.

코시차임 나무 통 안에 있는 금속 막대 여덟 개와 바닥에 고정된 은이 부딪치며 소리가 나는 프랑스 악기다. 명상과 요가 수행자들이 자주 사용한다. 4원소인 흙·불·물·공기의 소리가 있다. 나는 초월성을 상징하는 공기의 코시차임을 사용한다.

마고 시대 창조신 마고할미가 세상을 창조한 시대, 즉 창세기를 의미한다.

부토춤 얼굴을 포함한 몸 전체에 하얀 재를 칠하고 내면세계를 표현하는 일본의 현대무용이다. 일본에서 전쟁 직후 많은 사상자를 달래는 진혼굿의 형태로 시작되었고, 부토춤을 출 때 많은 영혼이 오가서 '영혼의 춤'이라고도 불린다.

네오샤먼
전통적이고 전형적인 무당의 모습을 넘어서 새로운 방식으로 업을 행하는 무당을 뜻한다.

기 치료
기로 몸과 마음을 치유하는 행위와 의례를 뜻한다.

트랜스 상태
이승과 저승, 의식과 무의식의 경계가 흐려지고 시공간을 초월해 다른 존재가 될 수 있는 상태. 접신 혹은 황홀경을 의미하기도 한다. 깊은 명상을 하거나, 죽음의 문턱에 있거나, 절박하게 기도하거나, 빙빙 도는 춤이나 방방 뛰는 춤(도무)을 추거나, 환각 약초를 섭취하면 트랜스 상태가 된다.

프라나 힐링
누구에게나 존재하는 생명과 우주 에너지로 자신과 다른 이의 치유를 돕는 의례·의식·생활이다. 생명 에너지를 활성화하는 프라나 요가, 활성화된 생명 에너지로 심신을 치유하는 프라나 기 치료, 열매나 햇빛만으로 생명 에너지를 채우는 프라나 식이요법, 생명 에너지의 활동을 느끼는 프라나 명상 등을 아우른다.

레이키
일본에서 시작된 기 치료의 일종이다. 영기(靈氣)라고도 불리며 치료자의 손을 통해 우주의 에너지로 신체적, 정신적 어려움을 해결한다. 무당이 신내림을 하고 신의 기운을 받듯, 레이키 치유자도 우주에 존재하는 모든 신령에게 전수받은 기운으로 다른 존재를 치유한다. 네오샤먼의 대표적인 사례다.

만세바지장단
무당이 접신할 때 무가 〈만세바지〉를 이 장단에 맞춰 부른다.

공감을 잘하는 연습을
지속해야 해요

함께 울어주는 무당
무무

무무는 죽고 싶고 아무것도 하기 싫은 나의 마음을 이해해준 사람이다. 무무도 나처럼 아팠으니까. 그는 페미니즘 강연을 연 성소수자라는 이유로 기독교 대학에서 무기정학을 당했다. 무무는 자신에게 가해진 차별이 자기만의 일이 아니라는 걸 알았다. 자신으로 오롯이 존재하며 같은 자리에서 다른 사람이 넘어지는 걸 막기 위해, 학교를 상대로 소송을 냈고 인권위에 진정을 제출했으며 집회에 나가 연대했다.

그동안 그는 많이 아팠다. 대상포진·우울증·공황장애·조현병을 진단받고 약을 먹었다. 세상이 그려낸 그의 이미지는 활동가 혹은 단순한 피해자이거나, 보수적인 기독교 대학이 '음란한 영'이라고 낙인찍은 학생이었다. 그는 이 고통을 어떻게 해석할지 고민했고, 결국 신의 언어를 찾았다. 무무는 이제 '무지개신당'에서 꼭 자신처럼 아픈 이들에게 곁을 내주며 산다. 그는 '무속인☆ 정의연대 굿판'에서 나와 함께 활동하는 동지다.

무지개색 꽃과 칠성초[*]가 놓인 신당에서 무무를 만났다. 그가 신내림을 받을 때 나는 그에게 '칠성'이라는 이름으로 활동하기를 제안했다. 위기의 순간에 나침반이 되어 사람들에게 방향을 제시해주는 무무가, 칠성신을 주 신령으로 모실 수 있을 거라고 느껴져서였다. 그는 '무지개 무당'의 앞 글자를 따서 '무무'가 되었지만, 그 이름의 의미에는 무지개색 칠성초가 포함되어 있다. 무무는 칠성신을 비롯해 여러 신을 모신다.

그는 한솥밥을 먹는 내 식구이기도 하다. 무무는 내 친언니인 홍승은 작가와 비독점적인 애인 사이였고, 무무와 우주 그리고 언니는 지금은 연애라는 개념을 해체하는 방식으로 관계 맺는다. 나는 규범과 고정관념을 계속 의심하고 질문을 던지며 살아가는 세 사람의 반려인으로 일상을 가꾼다.

아침에 눈떴을 때 가장 먼저 하는 일과 자기 전에 꼭 하는 일이 무 엇인지 궁금해요.

아침에 일어나면 습관처럼 이불을 정리하고 창가로 가 요. 제가 날씨에 영향을 많이 받다 보니까, 해는 어떻게 떴는지 바람은 어떤지 비는 오는지 보면서 하루를 시 작합니다. 자기 전에는 기도하듯이 명상하고, 일기로 좀 써놔야겠다 싶은 게 있으면 일기를 쓰는 날도 있고 요. 대부분 혼자 이런저런 말을 중얼거리다가 잡니다.

하루 중 가장 좋아하는 시간은 언제인가요?

해 질 녘의 하늘을 볼 수 있어서 해 지는 시간대를 좋아 해요. 밤에 혼자 앉아 있는 시간이 있는 날과 없는 날의 컨디션이 다르더라고요. 해가 졌을 때 혼자 가만히 시 간을 보낼 때가 가장 좋고 또 필요하다고 생각합니다.

"어차피 먼지."

활동명으로 '먼지'라는 이름도 쓰시잖아요. 먼지와 무무의 의미 가 어떻게 다른가요?

먼지는 주문 같은 이름이에요. 살아가면서 크게 두 가 지 상황을 자주 맞닥뜨리는데, 하나는 제가 너무 커 보 일 때예요. 밖에서 벌어지는 일보다 자신에게 과도하게 집중하는 순간, 불안과 우울이 찾아와요. 그럴 때 스스로에게 넌 그래봤자 먼지야, 라고 이야기해주고 싶어서 이 이름을 사용해요.

다른 하나는 제가 너무 작아 보일 때예요. 자신이 너무 초라하게 느껴져도 이름 덕분에 모두가 어차피 다 먼지야, 라고 생각할 수 있어요. 자기 의심이 많아지는 순간에 주문처럼 외우는 이름이에요.

반면에 무무라는 이름은 딱 들으면 허리를 곧추세우게 되는 정제된 기운이 들어와서 신기해요. 이 이름을 통해 제가 무엇을 하려고 했고, 어떻게 살려고 했는지 떠올리면서 자세를 바꿔요. 무무와 먼지 모두 제가 소중하게 생각하는 이름입니다.

'어차피 먼지'라는 말을 들으면 마음이 홀가분해진다. 죽음을 가까이 둔 표현이라 편안하다. 무무의 '무'도 '無'를 떠올리게 해서 텅 빈 느낌이다. 누구든 환대받을 수 있는 공간처럼 비어 있기로 결심한 것 같다. 타인의 고통을 받아들이려고 자신을 비우는 무당의 모습 때문에 많은 사람이 무당을 슬픈 직업으로 인식할까. 자아가 사라지는 건 슬플지 모르겠지만, 텅 비어 있어서 오히려 무지갯빛을 품을 수 있다.

성소수자, 무당

갑작스럽게 무당이라는 직업을 선택한 무무. 하긴, 어린 시절부터 무당이 장래 희망이었던 사람은 못 봤다. 무당에 얼룩처럼 묻은 편견이 많으므로 대부분 어쩌다 보니 무당이 되지 않았을까. 무당이 된 지 얼마 되지 않은 무무는 무당을 어떻게 생각하며 어떤 감정을 느낄까.

자신이 무당이라고 밝히는 걸 '무밍아웃'이라고 부르더라고요. 어떤 퀴어 무당은 성소수자로서 커밍아웃을 해봤기 때문에 무밍아웃쯤이야 아무것도 아니라는 듯이 쉽게 했다고 하던데요, 무무 님은 어떠셨나요? 커밍아웃과 무밍아웃에 차이가 있었는지 궁금해요.

사람마다 다를 것 같은데, 제가 무당이라고 밝히는 게 훨씬 더 어려웠어요. 정체를 밝히는 바람에 어떤 위협을 당하거나 인간관계가 끊길지도 모른다는 걱정이 생긴다는 점에서는 두 가지가 굉장히 비슷하지만요.

오랜 기간 많은 성소수자 친구와 교류해온 덕분에 든든한 울타리가 생겼어요. 내가 혹시나 누구에게 버림받거나 배신당하더라도 언제든 비빌 언덕이 있고 내 상황을 공유할 수 있는 커뮤니티가 있어, 라는 믿음이 오랫동안 쌓였죠. 지지 기반이 있으니까 이제는 어디 가서 커밍아웃을 하기가 예전보다 쉬워졌어요.

아마 많은 성소수자가 공감할 텐데, 커밍아웃은 평생 해야 한다는 말이 있어요. 내가 어떤 집단에 들어가거나 새로운 관계를 맺을 때마다 내 정체성을 알려야 하니까요. 비슷한 맥락에서, 저는 무밍아웃을 처음 해보니까 반응이 어떨지, 어떤 반응에는 어떻게 대처해야 하는지 등의 데이터가 전혀 없었어요. 커밍아웃에 대해서는 무수한 데이터가 쌓였으니까 상대방의 반응에 따라 때로는 화도 내고 때로는 웃어넘기는 데 능숙해졌는데, 이쪽은 그렇지 않아서 두려웠어요.

무당이 되기로 결정하는 데 어려움이나 망설임은 없었나요?

무당이 되는 걸 상상해본 적이 없어서, 무당의 삶을 부정하고 밀어낸 기간이 있었어요. 왜 그랬을까 생각해보면, '자기 불신'과 '편견'으로 설명할 수 있을 것 같아요.

무당은 굉장히 중요한 일을 한다고 생각해왔거든요. 정신 병리와 관련된 역사에서도 그랬고, 많은 무당이 소외된 존재들의 이야기를 듣고 한을 풀어주는 역할을 꾸준히 해왔는데 내가 과연 그런 역할을 수행할 수 있을까? 그 역할에 걸맞은 존재일까?라는 자기 불신이 가장 큰 이유였어요.

그다음은 편견 때문이었어요. 저한테 무당은 부정적인 인식이 씌워진 존재이기도 해서, 내가 무당이 된다면 오물을 스스로 뒤집어쓰는 느낌일 것 같아서 자신이 없었어요. 이 두 가지 때문에 망설였어요.

저도 그랬던 것 같아요. 주변 사람들의 반응은 어땠나요?

　　제가 어떤 모습이든 저를 지지해주고 응원해줄 것 같은 사람들은 역시나 제가 이 길을 잘 걸어나갈 수 있도록 힘을 실어준 기억이 나요. 저를 욕하거나 무시한 사람을 제외하고, 친구나 동료라고 생각했던 어떤 사람이 무속신앙과 무당에 대해 편견이 있어서 걱정이라는 이름으로 알게 모르게 저를 비난했어요. 걱정하는 말투지만 속으로는 왜 저 길로 가지? 왜 저런 걸 하지?라고 생각하는 것 같은 반응이었어요.

왜 '저런 걸' 하지?라는 의문에는 무당이라는 직업이 힘들고 버겁기만 한 일, 미신을 믿는 의미 없는 일, 혹은 위험하거나 신비로운 일이라는 편견이 깔려 있었을 거다. 이력서에 쓸 수 없는 일이라 얼핏 들으면 맞는 말 같다. 그런데도 무무는 무당의 옷을 기꺼이 입었고, 여러 걱정과 질문을 맞닥뜨린 뒤 밤새 이런 글을 썼다.

｜　평생 내게 신내림은 없는 단어라고 생각했다. 무속인·무당·점집 같은 단어들도 마찬가지다. 그간 내 삶을 찾아온 수많은 신령은 그저 우울증·조현병·공황장애·환각·환청·기력 없음 등의 이름을 부여받고 떠나갔다. '페미니즘 강

연을 주최한 성소수자'라는 이유로 기독교 대학에서 쫓겨난 후에도 그랬다. 내가 지금 아프고 힘들고 동굴 속에 갇힌 기분이 드는 이유는, 부당한 현실에 저항하다가 몸과 마음이 상했기 때문이야. 일면 맞는 말이지만, 그렇게만 설명하기 어려운 시간이 계속 이어졌다. 갑작스레 공황을 느껴 이 세계 바깥으로 튕겨 나가거나 귓가에 안 들리던 소리가 들리곤 했다.

나를 포함한 많은 사람들은 분명 기존의 언어로 설명하기 어려운 다양한 현상을 보고 듣고 겪는다. 그럴 때마다 우리는 현상을 무시하거나 신기한 경험으로 남겨놓는다. 혹은 병원에서 진단명을 찾거나 신의 힘을 빌린다. 그런데 이때 어떤 해결책을 찾거나 찾지 못했는지, 어떤 언어를 만났는지에 따라 이상한 꼬리표가 붙는다. 진단명을 못 찾은 만성질환자는 쉬이 '꾀병을 부리는 사람'이 되고, 끝내 무속의 언어를 찾아 삶을 회복하고 타자를 위로하게 된 사람은 '사기꾼'이 된다.

나는 일상을 되살리는 법을 조금씩 익히고 있다. 이제는 인정한다. 내게는 신병이 있었고, 신병을 통해 삶을 살리는 법을 배워야 한다고. 신병은 지금의 나를 설명해주는 키워드라고. 신병을 풀어내야 삶을 계속 꾸려나갈 수 있다고. 그렇게 나는 무지개 무당, 무무가 됐다.

무무 님의 신병에 대해서도 얘기를 좀 듣고 싶어요. 환청도 들으시고 가위도 눌리셨는데, 요즘은 어떠세요? 괜찮으신가요?

　　환각과 환청은 습관처럼 찾아오기는 해요. 이 집에 처음 신당을 만들고 옆방에 제 방을 막 꾸렸을 때만 해도 부정적인 꿈을 꾸고 가위에 눌려서 무섭고 두려웠고 자는 동안 울어서 아침에 일어나 보면 베개가 젖어 있었는데, 요즘은 괜찮아졌어요.

신내림을 받아야 될 사람이 신내림을 받으면 힘든 문제가 다 풀린다고 보는 인식이 많은데, 무무 님은 실제로 어떠신지 궁금해요.

　　저는 그런 생각에 의문이 들어요. 오랫동안 신병을 앓은 사람이 신내림을 통해 한도 풀고 새로운 길도 찾는다고 쉽게 이야기하는데, 의식 하나가 갑자기 삶을 확 바꾸지는 않는다고 생각해요. 저는 신내림을 수용의 과정으로 보거든요. 나에게 찾아온 현상을 있는 그대로 받아들이기로 다짐하는 일이요. 예전에는 어떻게든 제가 겪는 현상에 정신병의 이름도 붙여보고 내면의 문제라고 생각해보려고도 했는데, 잘되지 않아서 신내림을 받았어요. 개인적인 것과 사회적인 것의 이분법을 벗어난 더 깊고 넓은 영적인 차원과, 우리가 평소에 느끼지 못한다고 여기는 만물의 존재를 깨달을 수 있는 차원, 내가 과거와 현재와 미래에 모두 연결되어서 더욱 다양한 존재들의 기운을 느낄 수 있는 차원이 새롭게 열렸어요. 그래서 저에게 새로운 언어와 힘이 생긴 것 같아요, 모든 문제가 딱 풀렸다기보다는.

내 앞에 찾아온 자극이 무엇인지 모를 때 두렵고 불안하다. 신명 (하늘과 땅의 신령)을 받아들이는 건 정체를 알 수 없는 귀신의 울음소리에 어떤 사연이 있을까 귀 기울이는 행위다. 모든 자극이 하찮은 것 하나 없이 소중한 장면이라는 걸 각성하는 상태다. 신내림은 무무의 설명처럼 인간의 정상 규범을 넘어 비인간 동물· 식물·광물·사물뿐 아니라 눈에 보이지 않는 바람 정령과 과거와 미래의 이야기와 교감할 수 있거나 그 존재가 되는 과정을 뜻한 다. '나'의 정체성을 우주 전체로, 과거·현재·미래를 모두 품은 만물로 확장하는 수행을 시작하겠다는 의식·의례.

저도 공감이 돼요. 제가 겪는 증상이 신병인지 모르고 헤매다가 정신과에서 조울증·조현병·공황장애 같은 진단을 받았을 때는, 이 고통을 해석해주는 언어가 있어서 위로를 받았어요. 하지만 이 언어도 어쨌든 제 증상을 문제라고 보잖아요. 문제로 규정된 증상을 지금은 누군가의 기도 소리가 들리는 것, 제가 이웃의 삶에 더 많이 공명하면서 자연스레 나타난 현상이라고 받아들이게 됐어요. 그래서 정신적으로 힘들 때에도 괴로움을 다른 태도로 인식하는 것 같아요.

무무 님은 정신과에서 진단하는 증상을 지금은 어떻게 느끼고 해석하시는지, 지금도 정신과에 다니시는지 궁금해요.

저는 우울증·공황장애·불안장애·조현병 같은 병명을 진단받았는데 그때는 칼리 님 말씀처럼 위로가 되는 한편, 나에게 큰 문제가 있구나 생각했어요. 그런데 무속을 내 삶에 받아들이면서, 기존 사회에서 설명할 수 없고 이해할 수 없는 증상을 병리화한 역사를 공부하게 됐고요. 그 역사를 살펴보면, 특히 여성을 비롯한 소수자에게 발생하는 정신적 증세를 오로지 개인적인 차원에서, 이상한 존재에게만 벌어지는 문제적 현상으로 해석하려는 경향이 있어요.

내가 겪는 증상은 사회의 다양한 울음과 아픔에 공명한 내 슬픔이 몸을 통과하면서 생기지 않았을까? 나는 타인의 고통과 기도를 받아들일 수밖에 없는, 받아들일 수 있는 몸이 아닐까? 생각하고요. 불면증은 여전히 병원과 약의 도움을 받기도 해요.

보통 누군가를 치유하려면 우선 자신을 치유해야 한다고 하잖아요. 하지만 모든 상처와 고통은 기쁨과 화해처럼 공명하는 것 같아요. 저와 같은 문제를 경험하는 손님이 거울처럼 오거든요. 그런 손님의 고민을 들어주다 보면 제 고민도 자연히 풀려요. 치유는 여럿이 함께하는 끝없는 여정이구나 느껴요.

"끝없는 공부가 필요한 직업 옷이
오히려 종교인이 아닌가 생각해요."

저는 무당이 되기 전에는 세상에 대한 환멸과 절망이 커서 다 멸망했으면 좋겠다고 생각했어요. 그래서 '자발적 인류 절멸 운동'도 알아보고 다 같이 죽고 싶다는 생각을 많이 했는데, 무무 님도 그런 마음이 있으셨나요? 지금은 죽음을 어떻게 느끼시는지도 궁금해요.

저도 자주 그렇게 생각했고, 모든 종류의 탄생을 부정하기도 했어요. 태어나는 일은 다 나쁘고 전부 멸망했으면 좋겠고 그때 나도 함께 죽고 싶다, 라는 생각을 마음 한편에는 여전히 가지고 있는데, 이게 일종의 분노잖아요. 이제는 분노의 방향을 바꾸기로 마음먹었어요. 기도하고 상담하면서 얻는 힘 덕분이에요. 지금 발 딛고 서 있는 땅에서 함께 살아가는 존재들과 죽음을 맞이하기 전까지 어떤 모습으로 지내다가 돌아갈지에 더 집중하게 됐어요. 그래서 이전에는 죽음은 단지 끝이었는데, 지금은 하나의 과정 같아요. 죽음을 멀리 놓고 무섭게만 보던 시각에서 많이 벗어났어요.

그러면 죽음이 두렵지는 않으시겠네요.

어떤 죽음이냐에 따라 달라요. 《김용균, 김용균들》(오월의봄, 2022)이라는 책이 나왔는데, 죽임당한 죽음들이 있잖아요. 산재로 죽는 노동자와 공장식축산으로 죽는 비인간 동물처럼 죽임당하는 죽음에 대한 공포는 여전히 있어요. 이걸 어떻게 막을 수 있을지 고민이에요.

죽임당하는 죽음을 어떻게 막을 수 있을지 고민하면서 연대 활동을 하고 계시잖아요. 무무 님이 어떤 활동과 공부를 하시는지 소개해주세요.

성별이분법에 저항하는 사람들의 모임 '여행자'라는 트랜스젠더퀴어★ 커뮤니티에서 운영진으로 활동해요. 다양한 트랜스젠더퀴어 당사자들이 마음을 터놓고 교류할 수 있는 장을 만들고, 우리가 존재한다는 메시지를 사회에 알려요. 또 제가 무기정학을 당한 것처럼 장로회신학대학교에서 무지개 퍼포먼스를 했다가 쫓겨난 사람들과 '갓길'이라는 단체를 만들어 여러 당사자와 연대하는 방법을 고민합니다. 소수자 운동, 사회정의 관련 공부도 꾸준히 하고요.

무당이 소수자 운동이나 사회정의를 공부한다고 하면, 운명학을 공부한다고 할 때와 달리 대개 의외라고 생각하잖아요. 왜 그럴까요?

이건 모든 종교인이 해결해야 하는 숙제 같아요. 사회와 개인이 따로 존재하고, 영적인 영역이 따로 존재한다고 보는 시선이 그 자체로 또 다른 이분법을 재생산하지 않나 싶어요. 사실 무당은 기존의 언어로 설명할 수 없는 것을 안내해주는 존재잖아요. 우리를 찾아온 손님이 영적인 영역과 연결될 수 있는 통로를 만들어주려면, 사회가 어떻게 구성되어 있고 어떤 구조적 문제가 있는지 공부해야 한다고 생각하거든요. 그런데 무속신앙의 전형적인 해석(여자 팔자 혹은 남자 팔자)이나 기독교의 가르침은 굉장히 여성 혐오적이고 퀴어 배제적인 언어로 가득해요. 어떻게 이런 언어로 차별받는 소수자에게 다른 세계를 안내해줄 수 있겠어요. 기존의 언어를 계속 벗기고 때를 씻으려면 우리 스스로 공부해야 해요. 그렇지 않으면 절대 그 통로를 마련할 수 없어요. 그래서 끝없는 공부가 필요한 직업 옷이 오히려 종교인이 아닌가 생각해요.

무당은 많은 자극을 영적인 원인, 고통으로 해석하죠. 사회적인 것과 영적인 것은 분리되어 있지 않은데, 상담할 때는 모든 것을 개인의 공이나 탓으로 돌리는 느낌이 있어요. 이런 태도가 개인이 혼자서 어려움을 이겨내야 한다고 말하는 성공 신화, 자본주의 원리로 흡수될까 봐 우려스러워요.

저도 사실 손님에게 개인적 차원의 노력을 촉구할 때가 있어요. 그렇지만 손님의 고민이 영적인 원인이나 개인적 고통에서 비롯한다고만 해석하면, 계속 '나'가 너무 중요해지고 개인만 부각되는 것 같아요. 물론 어느 때는 개인의 역할이 중요하기도 하잖아요. 그래서 개인적 차원의 문제와 사회구조적 차원의 문제를 어떻게 연결해서 영적인 차원의 이야기를 함께 할지 여전히 고민해요.

최근에 어떤 손님이 오셔서 상담했는데요, 페미니즘의 언어를 접하신 분 같지는 않았지만, 가부장제 사회에서 '독박 육아'를 하는 바람에 경력이 단절되었고 앞으로 무엇을 하면서 살지 모르겠다고 본인만의 언어로 이야기하셨어요. 이런 얘기를 들으면 단지 개인의 문제가 아니라 구조적인 문제라는 생각이 들잖아요. 만약 제가 관련 공부나 고민을 하지 않았다면 이분을 만났을 때 집에서 나가세요, 라고 그냥 편하게 얘기하거나, 그래도 엄마는 육아를 해야지, 같은 답을 내렸을 텐데 저는 그렇게 해결될 문제가 아니란 걸 아니까 사회문제를 공부하면서 고민을 지속할 수 있는 루트를 소개해드려요. 무당 스스로 공부를 계속해야 이런 접근이 가능하지 않을까 해요. 공부를 놓는 순간 함정에 빠지는 것 같아요. 마치 자기 계발 담론이 커졌을 때처럼. 명상하면 모든 문제가 해결된다, 내면의 문제는 내 힘으로 모두 풀 수 있다, 이렇게만 강조하면 생기는 문제를 우리는 알잖아요. 그걸 계속 염두에 두는 일이 중요하다고 생각해요.

저도 상담하러 오시는 분들에게 그런 루트를 잘 말씀드리기 위해서라도 계속 공부하고 연대해야 한다고 느껴요. 이 세상이 나아져야 모두의 운명도 나아지니까요. 무무 님은 오랫동안 활동가로 지내다가 무당이 되셨는데, 고통받는 모든 존재를 위한 애도를 실천한다는 점에서 활동가와 무당이 사실 비슷하잖아요. 활동가와 무당의 공통점과 차이점이 뭐라고 생각하세요?

무당의 길은 운명처럼 이미 정해져 있다고들 하지만, 무당이라는 역할 옷, 직업 옷을 입을지 말지는 제가 선택했어요. 활동가의 이름으로 하고자 한 일과 무당의 일이 꽤 비슷해서요. 예전에 식구들과 왜 운동을 하는지, 어떤 운동을 하고 싶고 어떤 세상을 함께 만들고 싶은지 이야기한 적이 있어요. 법과 제도와 인식을 바꾸는 일도 중요하지만, 한편으로는 여전히 달라지지 않은 사회에서 사람들이 어떻게 오늘을 살아갈지, 그 힘을 어떻게 만들지 관심이 많았어요. 계속해서 밀려나는 존재들이 잠시 밀려난 상태여도 괜찮은 피난처를 마련하고 싶었죠. 그게 제가 무당이 되기로 결심한 계기였어요.

어쨌든 지금 당장 하루하루를 살아가는 사람들이 자신의 이야기를 충분히 털어낼 수 있는 공간이 있고, 해결 방안을 같이 고민하고 기도해주는 사람이 있는 것만으로 힘을 보탤 수 있다고 생각해요. 그래서 저에게 무당이란 일종의 활동가이기도 해요. 굳이 다른 점을 꼽으라면, 무당은 타인의 말을 들어주는 입장에 더 가까운 것 같아요. 생각하면 할수록 닮은 점이 더 많아요.

무무 님에게 찾아오는 손님을 만나면서 느끼는 점도 많으실 것 같아요.

　　제가 활동을 중심으로 삶을 구성해오다 보니까, 예전의 저라면 만나지 않았을 법한 분들과 상담하는 게 신기하고 재밌어요. 가령 부동산 개발 사업을 하시는 분의 금전 운을 봐드린 적이 있어요. 하지만 아무래도 비슷한 에너지에 끌리시는지 활동가분도 많이 오시고 독박 육아로 힘든 분, 장애인 자녀가 있는 부모로서 이 사회를 어떻게 살아가야 할지 고민하는 분들이 더 많이 찾아와요.

투자 관련 고민이 있는 분이 오시면 어떻게 하세요? 저는 상담을 시작한 지 얼마 되지 않았을 때는 회의감이 들기도 했거든요. 내가 지금 뭐 하나. 개개인의 길흉화복을 살피는 것도 무당의 역할이라지만, 개인이 불행해지는 구조적인 문제는 보지 않고 개인만 빌어주는 일이 근본적인 해결책일까 싶어서요.

　　사업하시는 분에게 질문을 처음 받았을 때는 혼란스러웠어요. 내가 하는 대답이 어떤 의미가 있을까? 물론 이 한 사람에게는 중요한 고민이겠지만요. 재건축과 재개발 관련 사업을 벌이시기도 해서 세상을 보는 저의 관점과 충돌하는 면도 있었어요. 이런 상황을 어떻게 소화해서 어떤 말을 해줘야 하나 고민이 됐고 지금도 명확한 답을 내리지는 못했어요. '현타'가 오기는 하는데 모든 직업과 노동이 다 그렇듯이 항상 내가 원하는 일만, 사회에 공헌하는 일만 할 수는 없고 이것도 내 역할 중 하나이지 않을까 생각해요. 아직은 정확히 모르겠어요. 그런 상황을 더 마주해보려고요.

고민을 계속하는 것 자체가 중요하겠죠.

무무가 고개를 끄덕였다. 고민을 나눌 무당 동지가 있어 든든하다.

무무 님에게 연대란 무엇인가요?

책임지는 일이요. 당사자는 '특정한 일에 연루된 사람'으로 정의할 수 있을 텐데, 이 의미를 어떻게 받아들일지 한참 고민했어요. 우리는 모두 이 세상에 연루되어 있고 세상에서 분리될 수 없는 존재니까요. 정도는 각자 다르겠지만 나는 사회에서 벌어지는 모든 일에 일정 부분 연결되어 있고, 차별과 인정의 문제든 자본과 분배의 문제든 기후와 생태의 문제든 나는 여기서 자유로울 수 없다. 이 감각을 놓지 않으면서 내 삶과 내가 돌봐야 할 존재를 계속 책임지려고 노력하는 일, 온전히 책임질 수 없어도 노력을 멈추지 않으려는 마음이 연대가 아닐까 생각해요.

무당인데 사회문제에 관심을 가진다는 말이 참 답답해요. 샤머니

즘은 만물과 연결된 존재로서 의리를 실천하는 사상이고 연대는
모든 생명의 기본적인 존재 방식인데, 연대를 거창하고 특이한 것
으로 치부해서요. 나와 동떨어진 '대의'를 위해 의무감으로 연대
하는 게 아니잖아요.

무무 님이 차별금지법 제정을 위한 단식 농성 현장에 함께 가자고
제안해주셔서 무속인 정의연대 굿판이 동조 단식을 하러 갔잖아
요. 앞으로도 투쟁 중인 현장에 같이 힘을 모으면 좋겠어요. 7월
에 서울퀴어문화축제가 있는데, 즐거운 굿판이 될 것 같아요. 축
제에 어떤 방식으로 참여하실 계획인가요?

　　여행자 부스를 지킬 예정이고요, 변태 목사의 모습으
　　로 굿판을 벌여볼까 생각해보고 있습니다. 기독교 집
　　안에서 나고 자랐고 기독교 대학에서 쫓겨난 후 무당
　　이 된 저에게 적절한 퍼포먼스인 것 같아요. 기독교가
　　제 삶을 설명하는 한 축이기도 하고요.

성직자가 사용하는 매스 스톨*을 걸치고요?

　　맞아요. 무지개색 매스 스톨을 어깨에 두르고 옷은 최
　　대한 짧게 입으려고 합니다.

변태 목사와 무당의 조합이라니 너무 좋네요! 종교의 경계를 넘나
드는 재밌는 퍼포먼스가 되겠어요.

"처음에는 손님을 위한 기도인데
　어느 순간 만물을 향한 기도가 돼요.
　만물에는 나도 포함되어서
　결국 나를 돌보게 되는구나."

"그래, 사실 예수님도 무당이었지." 기독교 신자인 아빠가 무당이 된 나를 격려하며 해준 말이 생각났다. 무무는 이분법과 싸운다. 여성/남성의 성별이분법만큼이나 오래된 이분법들이 있다. 사회적인 것과 영적인 것의 이분법, 혁명과 영성의 이분법을 부수는 무무의 존재가 든든하고 아름답다.

무무가 신점을 보는 방법

무무는 강신무이자 학습무다. 그는 강신무와 학습무에 대해 이렇게 이야기했다.

신이 내려서 된 무당 강신무와, 경문이나 점서 따위를 공부하여 된 무당 학습무가 있다고 하잖아요. 얼핏 보면 선천적 무당과 후천적 무당처럼 들려요. 하지만 《신령님이 보고 계셔》(위즈덤하우스, 2021)에서 칼리 님이 말씀하셨듯, 둘을 구분하는 건 의미가 없거나 때론 유해한 것 같아요. 학습하지 않는 강신무는 위험한 칼이 될 수 있고, 세상 만물에 깃든 신을 경외하지 않는 학습무는 헛똑똑이가 될 수 있으니까요. 더구나 둘의 위계마저 나눈다면 그 해악은 더 말할 필요가 없고요.

무무 님은 대학에 다닐 때 토론 챔피언을 할 정도로 이성과 논리의 언어가 익숙하실 텐데, 무속신앙을 접하고 점사를 보면서 무속의 언어가 낯설었는지, 아니면 오히려 편안했는지 궁금해요.

처음엔 이성과 논리가 점사를 보는 데 방해되지 않을까 생각했는데, 해석을 반드시 하지 않아도 찾아오는 게 기운이고, 저는 그 기운을 그저 느껴요. 기운을 해석할 때는 오히려 기존의 언어가 도움이 됐어요. 지금까지 해온 활동이 저에게는 해석하는 힘이에요. 상담할 때 이 기운을 어떻게 저 사람의 배경과 상황에 맞게 설명해줄 수 있을까 고민하는 데 유용해요.

퍼즐이 완성되듯이 활동가의 언어와 무당의 언어가 지금의 무무님으로 통합됐네요.

단단히 꼬인 억울함을 풀어주라고 있는 게 논리다. 논리와 이성의 언어는 소수자를 억압하거나 이상한 존재로 밀쳐내지 않는다. 엉킨 실을 자르는 칼이 아니라 엉킨 지점을 풀어주는 바늘이다.

무당이 꿈인 사람이 있다면 그 사람에게 어떤 조언을 해주고 싶으세요?

우와, 어려운 질문이네요. 정화가 필요하다고 생각해요. 저뿐만이 아니라 끊임없이 정진하는 모든 무당이 평생 해야 하는 숙제예요. 정화는 어떤 기운이든 내 몸을 통과할 수 있게끔 나를 깨끗한 그릇처럼 비우는 과정이에요. 내 그릇이 지저분하고 어지럽고 때로는 다른 기운을 아예 차단하면, 무당이 되기는 어렵지 않을까요?

그런데 이 사회는 이성적으로 살아라, 계획적으로 살아라, 논리적으로 말해라, 하면서 우리가 정해진 틀과 규범 안에서 무엇이든 잘 해내기를 바라잖아요. 하지만 그럴수록 귀가 닫히고 다른 존재의 아픔에 공감하는 능력을 상실하게끔 키워내잖아요. 이게 바로 정화를 막는 대표적인 사례가 아닐까 해요. 그래서 무당은 내 안에 무언가를 들일 수 있는 사람, 공감을 잘하는 사람이 되는 연습을 지속해야 해요. 내가 막히는 순간 무당으로서 존재 가치가 떨어질 거라고 생각합니다.

제가 인생의 힘든 고비에 있을 때, 무무 님이 곁에서 제 상황과 감정을 공감해주고 수용해주신 게 기억나요. 손님의 이야기를 들으며 그분의 자리에 서보면 몸이 아프고 불편할 때가 있어요. 예전에는 통증과 불편을 나 혼자 느낀다고 생각해서 밀어냈다면, 이제는 이 현상을 두고 보면서 내가 누구에게 공명해서 그럴까 풀이해요. 덕분에 저절로 정화되더라고요.

흔히 신내림을 갓 받은 사람이 영험하다고 하잖아요. 신내림을 받은 지 얼마 되지 않은 무당으로서 신점이 뭐라고 생각하는지, 신점을 어떻게 보시는지 등 천기누설을 해주실 수 있나요?

무당이 꿈인 분에게 하고 싶은 이야기와 일맥상통하는데요, 신점을 볼 때 정화된 나로서 교감이 제일 중요하다고 생각해요. 교감을 어떻게 얼마나 할까, 교감이 어떻게 찾아올까는 사람과 상황마다 워낙 다르지만, 그간의 경험을 되돌아보면 교감이라는 단어를 빼놓을 수는 없어요. 살아 있는 존재를 비롯해 우리가 현존하지 않는다고 여겼던 존재나 물건과도, 마치 내 온몸에 있는 구멍을 다 여는 것처럼 마음을 열어 교감할 때 나에게 찾아오는 메시지가 있어요. 갑자기 마주한 상대에게서 메시지를 발견하는 경우도 있고요. 그래서 교감없이 메시지를 얻을 수 있을까 싶어요. 막 신내림을 받은 무당은 구멍이 가장 많이 열린 상태에서 교감하기 때문에 영험하다고 말하는 것 같아요. 한편으로는 지속 가능성을 고민하기도 해요. 어떻게 하면 교감의 창구를 계속 열고 살 수 있을까?

정화는 내가 텅 빈 그릇이라서 이런저런 기운이 머물다 가는구나 깨닫고 이 상태를 인지하며 살겠다, 직감과 생각과 감정을 객관화하겠다는 의지를 세우는 과정 같아요. 그런데 많은 사람을 만나면 말 그대로 '통과하는 몸'이라서 힘들거든요. 무무 님은 글쓰기 모임 운영과 상담을 병행하시는데, 힘들지는 않으세요?

사람을 많이 만나면 정말 힘들어요. 예전에는 이런 성향을 고치려고 하거나 모임에 안 나가려고 했어요. 어떤 식으로든 해결해보고 싶었는데 잘되지 않았고, 그래서 무당이 되었나 싶어요. 결국 기준을 정해놓았어요. 활동을 이 정도 했는데 기도를 이만큼 하지 않으면 쓰러진다는 데이터가 쌓였거든요. 가령 일주일에 두 번 외출했으면 기도가 4일은 필요하다는 식으로요. 그러지 않으면 금세 지쳐버려요. 만약 일주일에 세네 번 모임이 있으면 그다음 일주일은 안 나가야 돼요. 저는 사람에게 너무 많은 영향을 받다 보니까 쉽게 흔들리기도 하고 쓰러지기도 해서. 특히 그중에 아픈 사람이 있으면 아픔이 몸으로 들어와요.

저는 저와 에너지가 비슷한 손님들이 많이 오시는 것 같아요. 손님은 저의 거울이기도 하니까. 계속 혼자 있고 싶고 혼자 취미 생활하는 게 편하다고 하시는 분들이 있어요. "많은 사람이 불편하고 사람을 만나면 지치는 제가 이상한가요?" 이렇게 질문하시는 손님도 많아요. 무무 님에게도 그런 분들이 오시나요?

맞아요. 손님이 큰 문제라고 생각하고 털어놓은 고민이 저와 비슷할 때가 많아요.

그런 성향은 문제가 아니라고, 본인만의 리듬을 만들면 된다고 얘기해드리기만 해도 좋은 위로가 될 것 같아요.

무무의 내림굿을 떠올리면 일본 애니메이션 〈모노노케 히메〉
(2003)가 생각난다. 무무는 어린이날 국회 앞에서 붉은 정령 옷을
입고 신내림 의식을 했다. 그는 당시의 상황을 이렇게 기록했다.

어린이날, 나는 신내림을 받았다. 장소는 계룡산·태백산·
일월산도 아닌 국회 앞. 차별금지법 제정을 촉구하는 단식
농성 현장이었다. 내 신선생님은 퀴어 무당 홍칼리. 집회
현장에 가기 전, 정성스레 준비한 음식과 의례 도구 그리
고 각종 의식으로 나를 정화해준 칼리가 말했다.

"신내림을 일종의 자격이나 미신처럼 생각하는 사람
들이 있어요. 그런데 우리는 모두 이미 신이고, 신내림은
하나의 의례에 불과해요. 만물에 신이 깃들어 있는걸요.
그래서 오늘은 만물을 되살리는 붉은 정령 퍼포먼스★를
함께하며 첫 번째 신내림을 진행할 거예요. 우리 오늘 집
회 현장을 굿판으로 만들고, 신명 나게 놀아봐요."

200일이 지난 지금, 무무 님은 신내림 의식을 어떻게 기억하시
나요?

땅에 엎드려 귀를 기울이는 동안 마음껏 울지 못한 존
재들의 울음이 무수히 떠올랐어요. 차별금지법은 지위
나 계급 등의 차이로 인한 '인간끼리의' 차별을 금지하

는 법안이지만, 그때 저는 '차별'에 종차별이 포함되어
있다고 생각했고 '차별 금지'가 비인간 동물을 포함한
모든 존재의 죽음을 마침내 올바르게 애도할 수 있는
방식으로 느껴졌어요.

신령님이 인간을 뛰어넘는 존재이기도 하고요. 그래서 샤머니즘
은 종차별주의에 반대하는 사상이라고 생각해요. 신령님은 종차
별주의자가 아니다!

무무 님은 앞으로 누구와 어떻게 살고 싶으세요?
　　　지금 같이 사는 식구가 있잖아요. 내 삶의 소중한 존재
　　　들과 함께 넘어지고 안전하게 실패하고 웃기도 하고
　　　울기도 하면서 사는 게 목표예요. 주류 사회에서 들리
　　　지 않고 보이지 않는 존재의 이야기를 듣는 공동체를
　　　꾸리는 삶을 살고 싶습니다.

저도 그렇게 함께 살아가면 좋겠어요. 저는 무당이 된 후에야 저를
계속 정화하는 일을 직업적으로 수행하게 됐어요. 이젠 책임감을
갖고 자신을 돌볼 수 있어요. 우울하거나 생각이 많아질 때도 이
현상을 나에게 연결된 누군가의 고민이나 아픔으로 느끼면 사랑
의 힘이 생기는 것 같아요. 그래서 요즘에 일상이 무척 행복해졌어
요. 무무 님은 무당으로 살면서 언제 가장 행복하세요?
　　　무당이 된 덕분에 돌봄의 다른 방식을 체험할 때예요.

모든 직업이 그렇듯 좋아하는 일로 돈을 벌면 힘들다고 하잖아요. 그런데 저는 상담을 하면 오히려 제가 살아나는 느낌을 많이 받거든요. 왜 그런가 생각해봤더니, 손님이 오기로 하면 손님을 향한 기도를 오래 드리기 때문인 것 같아요. 처음에는 손님을 위한 기도인데 어느 순간 만물을 향한 기도가 돼요. 만물에는 나도 포함되어서 결국 나를 돌보게 되는구나 생각해요. 손님의 고민이 당장 풀리진 않아도 손님과 교감하며 기도를 나누는 일만으로도 행복을 느껴요.

누군가를 마음에 초대하면 그 행위가 만물을 품는 데까지 확장되고, 결국에는 만물의 일부인 나에게 가닿게 돼요. 저희가 직업을 정말 잘 선택했네요.

맞아요.

무무 님에게 무당이란 어떤 존재인가요? 무당을 정의해본다면?

함께 우는 사람이요. 어떤 사회건 역사의 매 순간에 무당 혹은 무당 같은 존재가 있었어요. 말할 수 없는 고민이 있는 사람, 언어를 가지지 못한 사람이 무당을 찾아가 도저히 다른 데서 풀 수 없는 한을 풀었고요. 무당의 존재 이유는, 그들이 한을 푸는 통로의 역할을 하는 데 있다고 생각해요. 함께 우는 일이 내가 존재하는 이유이지 않을까 싶어요. 함께 울 일이 없어지면 가장 좋겠지만, 그런 사회가 쉽게 오지는 않을 것 같아요. 누군가는 계속해서 함께 우는 존재로 살아야 한다면, 저는 그런 무당이 되고 싶어요.

무무의 눈을 보는데 울컥 눈물이 나올 뻔했다.

다 같이 울어야 또 다 같이 웃을 수도 있고요. 내가 아무리 웃고 있어도 뒤에서 누군가 우는 소리가 들리니 울게 되고요.

무무는 마지막으로 이런 말을 남겼다. "칼리 님이 다양한 무당을 인터뷰하면서 또 하나의 낙인을 뚫고 가는 것 같아요. 제가 이 작업을 정말 소중하게 생각하고 사랑한다고 말하고 싶어요. 그리고 인터뷰를 읽은 많은 분들이 무지개 무당 유튜브와 무지개신당을 찾아주시면 좋겠어요." 그의 느리고 나지막한 말의 리듬은 낙오되는 존재가 없는지 살피며 맨 뒤에서 걷는 발걸음 같다. 비가 온 후 햇살이 비치면 하늘에 나타나는 무지개처럼, 함께 울다가 활짝 웃어주는 무지개 무당 무무. 그는 내내 비를 맞다가 무지갯빛으로 자신을 드러냈다. 함께 울기를 선택하는 마음, 모든 빛을 품는 마음이 곧 신의 마음이라는 걸, 무무는 알 거다.

무속인 한국의 샤머니즘은 정식으로 '무교'라고 부른다. '무속'이
나 '무속인'은 무교를 미신으로 보고 낮춰 부르는 표현이
지만, 많은 사람이 사용해 익숙한 단어이므로 단체명에
쓰기로 했다.

칠성초 칠성신께 빌 때 불붙이는 초. 칠성신은 하늘의 북두칠성
을 의미한다. 북두칠성은 밤하늘에서 위치를 밝혀주는
나침반이었기에, 수명과 운명을 관장하는 칠성신이라고
불렸다. 칠성초는 별 일곱 개를 상징하는 무지개색으로
되어 있다.

트랜스젠더퀴어 성별이분법을 넘어서는 다양한 성별정체성(트랜스젠더와
젠더퀴어 등)을 뜻한다.

매스 스톨 종교인이 어깨에 걸치는 옷으로, 특정 신을 상징하는 기
호와 색을 담고 있다. 수가사라고도 불린다.

붉은 정령
퍼포먼스 기후 위기에 저항하는 퍼포먼스로, 영국에서 시작되었
다. 온몸에 붉은 천을 두르고 만물의 정령을 기린다. 한
국에서도 '멸종반란한국' 회원과 동물권 활동가 등 다양
한 사람들이 기후 위기 집회와 소수자 인권 집회 등 여
러 현장에서 연대의 퍼포먼스를 한다.

우리는 절대
인간을 믿고 살면 안 돼요

**트랜스젠더 무당
예원당**

유튜브 알고리즘을 통해 예원당 선생님을 처음 알았다. 유튜브 채널 '예원당'에는 선생님이 본인을 트랜스젠더 무당이라고 소개하는 영상이 있었다. 한국 사회에서 성소수자로 살아가기도 어려운데, 무당이기까지 하다니. 나는 젠더플루이드(genderfluid),★ 팬섹슈얼(pan-sexual),★ 팬로맨틱(pan-romantic)★이며 릴레이션십 아나키(relationship anarchy)★를 지향한다. 나처럼 퀴어이자 무당인 선생님이 어떤 고민을 안고 살아왔으며 어떻게 살아가는지 궁금했다. 인터뷰를 요청하려고 선생님께 전화를 걸었다. 선생님은 내게 "(트랜스)젠더예요?"라고 물었다. 나는 "트랜스젠더는 아니지만 퀴어이고 무당이에요"라고 대답했다.

"아, 퀴어예요?"

"네."

"그럼 도와줘야죠!"

인터뷰 장소에 가기 전, 트랜스젠더를 상징하는 흰색·하늘색·분홍색으로 네일아트를 했다. 트랜스젠더 깃발에는 하늘색·분홍색·흰색·분홍색·하늘색 줄무늬가 순서대로 그려져 있다. 분홍색과 하늘색은 전통적인 여성성과 남성성을, 가운데의 흰색은 전환하는 성별정체성 혹은 성별이 없다고 느끼는 성별정체성을 뜻한다. 꽃집에 들러 흰색·하늘색·분홍색 꽃을 사서 선생님의 신당에 들어갔다. 은은한 분홍빛이 신당을 채우고 있었다. 연꽃 안에 들어온 느낌이었다. 그윽한 향기와 노란 조명, 분홍색 조명이 우리를 몽롱하게 감쌌다. 선생님은 오방색 의자에, 나는 긴 나무 의자에 앉았다. 선생님이 건네준 달콤한 바닐라라떼를 마시며 인터뷰를 시작했다.

아침 식사는 하셨나요?

　　아침은 잘 안 먹어요. 아침에는 커피만 마셔요.

어떤 음식을 가장 좋아하세요?

　　가리는 음식은 없는데 비리고 누린 거는 조금 피하죠, 제자이기 때문에.

　한국 무당은 대개 자신을 '(신의) 제자'라고 부른다. 신령님을 모시며 수행하는 제자이기에 부정이 들 수 있는 행동과 말을 경계한다. 비리고 누린 것을 먹지 않는 것도 이와 같은 맥락이다.

아침에 일어나서 어떤 일을 가장 먼저 하세요?

　　물 마시고 신당에 들어와서 신령님께 인사드리며 하루를 시작해요.

저는 아침에 눈뜨면 먼저 꿈을 기록하는데요, 인터뷰를 요청한 후에 강렬한 꿈을 꿨어요.

　　오, 그래요? 어떤 꿈이었어요?

큰 궁궐에 있는 꿈을 꿨어요.

　　어머, 어머, 우리 할머니(신령님) 꿈을 꾸셨어?

　인터뷰를 요청한 날 밤에 화려한 궁궐에 초대받는 꿈을 꿨다. 궁

궐 안에는 형형색색의 보석과 꽃이 있었는데, 예원당 선생님이 모시는 신령님이 그곳에 살까 생각했다. 선생님의 책상에 놓인 무구들이 꿈에서 본 보석과 꽃처럼 반짝였다.

"신령님밖에 없습니다."

언제부터 무당으로 사셨나요?

올해 17년째예요.

점사를 보다가 힘들 때는 어떻게 위로받고 마음을 충전하세요?

하루에 몇 명씩 손님을 보면 기가 빠지죠. 잠깐 눈 붙이고 있든가, 바깥 공기를 쐬거나, 산에 간다든가 해요. 늦은 밤에는 신당에서 기도하고. 그 외에는 없어요.

마음이 불안한 손님들의 이야기에 공명한 다음에는, 다시 자연의 맑은 에너지에 공명해야 한다. 굽이굽이 흘러온 강줄기를 한데 모아 바다로 향하게 하는 과정이다. 인간의 모든 번뇌와 고민은 자연 속에서 쉬어가고 잠들 수 있다. 그래서 무당은 자연으로 기도하러 간다. 자연신령님의 품에서 내가 마주한 모든 관계를 위해 빌어주고, 만물과 내가 깊이 연결되어 있음을 각성한다.

마음을 의지할 수 있는 관계가 있으세요?

없습니다, 신령님밖에. 우리 할머니, 동자, 선녀님밖에 없어요. 인간은 없어요. 옛날에 그런 말도 있잖아요. 검은 머리는 거두지를 말라고요. 손님은 손님일 뿐이고.

일하는 시간 외에는 무엇을 하면서 지내시나요?

집에서 그냥 이것저것 만들어요. 무구뿐만 아니라 신령님 관련한 물건은 제가 직접 만들어서 올려드려요. 점사판도 만들고, 기도 다닐 때 쓰는 향통도 만들고 그래요. 물건 재활용하고 DIY하는 걸 좋아해요. 미싱도 좋아하고.

자개 공예품과 검은 파우치에는 갖가지 보석이 붙어 있었다. 당당하게, 두려움 없이 쨍하게 빛나는 모습이 꼭 선생님 같았다. 원석을 가공하고 보석을 만지는 사람을 보면 대장장이가 떠오른다. 사람보다 사물과 친하게 지내는 그들은 신령스러운 만물을 섬기는 무당이 되기도 한다.

신내림은 어디서 받으셨어요?

계룡산에서 제자가 됐어요. 지금도 처음 신굿(신내림) 받은 그 굿당만 다녀요. 과일 가게, 떡 가게도 옮기지 않고 같은 데만 가니까 좀 집요하죠. 무당은 굿당에서 신령님을 모시게 되니까, 굿당은 다른 말로 하면 산부인과예요. 내가 태어난 곳이니까 중요하거든요.

저도 계룡산에서 굿했거든요.

　아, 그래요? 저는 천인국세당에서 신내림 받았어요.

　내림굿은 죽고 다시 태어나는 부활의 의식이다. 우리는 태어난 고향이 같은 셈이다. 계룡산은 많은 무당이 신내림을 받는 장소다. 북두칠성이 반짝이는 밤, 맑은 폭포 근처 바위에 초를 켜두고 신령님께 기도드린 그날이 떠올랐다. 산새와 귀뚜라미, 개구리 울음소리가 밤새 들리는 계룡산은 하늘과 땅의 신령, 만물의 정령이 생생하게 말하는 곳이다.

한국에서 트랜스젠더, 무당으로 살아가기

무당이 되면서 힘들었던 경험이 있으신가요?

　처음에는 사람들이 트랜스젠더가 무속인이 되면 해봤자 얼마나 하겠니, 뒤에서 욕을 많이 했거든요. 그런데 무당으로 산 지 10년이 넘으니까 그제야 인정해주는 거예요. 신령님이 안 계시면 나는 죽는다, 아무것도 없다, 이 길 아니면 살 수가 없다, 이런 의지를 갖고 10년 동안 진짜 엎어지기도 많이 엎어지고 고생도 많이 했는데, 그걸 다 이겨내니까 지금은 다른 무당 선생님들이 인정해줘요.

트랜스젠더 무당이 더 있나요?

트랜스젠더라고 오픈한 사람은 나 말고는 거의 없어요. 얼마 전에 쎄희라는 아이가 또 나왔죠. 오픈 안 하고 일하는 트랜스젠더 무당은 많아요. 나는 오픈하고 당당하게 사는데, 그래서 아픔도 많이 겪었어요. 한국에서 트랜스젠더라고 손가락질 받는 게 싫어서 외국으로 도망가 살았는데, 거기서는 사람 대하는 게 너무 힘들었죠. 한국으로 돌아와서 신을 받아 무당으로 살면서도 손가락질 받고. 자존심 상하게 허리를 굽혀야 될 때도 많았고, 신의 세계는 나이가 아니라 신의 연도를 따르기 때문에 어린 사람들한테 뭐라도 배우려다가 홀대받는 서러움도 많았는데 지금은 괜찮아요.

사회에서 차별받고 낙인찍혀 밀려난 존재는 살기 위해 멀리 도망가거나 죽음의 통과의례를 거쳐 무당이 되기도 한다. 나 역시 낙인이 지겹고 답답해서 외국으로 도망갔지만, 거기서도 동양인 여성으로 패싱되는 내 몸은 차별에서 자유로울 수 없었다.

언제부터 무당이 되어야겠다고 생각하셨나요?

두 살, 세 살 때인가, 진관사에 계시는 스님이 날 보고 그랬대요, 우리 할머니한테. 얘는 남자면 여자 치마를 입고 살아야 되고, 여자면 남자 바지를 입고 살아야 되고, 아니면 방울부채를 잡고 살아야 되니까 절에다 입

적을 시키라고. 팔자는 어쩔 수가 없나 봐요. 나이를 먹고 연예계 생활을 할 때 점집에 가면 무당 선생님들이 그랬어요, 신 받으라고. 싫다고 하지는 않고 지금은 안 받을래요, 나중에 받을래요, 이러고 다녔어요. 그때는 때가 아니었겠죠.

무당이 되지 않았다면 어떤 일을 하셨을까요?
　디자이너 아니면 예술가가 됐을 것 같아요.

신내림을 받은 계기를 이야기해주세요.
　신을 안 받으려고 미국도 가고 일본도 가고 그랬는데, 일본에서 카지노를 알게 되는 바람에 거기서 1년 동안 전 재산을 탕진했어요. 그래서 어쩔 수 없이 한국에 들어왔어요. 아는 언니가 일하는, 대전에 있는 가게에 놀러 갔다가 가게 주인이 나를 마음에 들어 해서 일을 하게 됐죠. 돈 벌기도 어렵고 사는 게 너무 힘들어서 점을 보러 갔는데, 조상굿* 좀 하자 그래서 어, 그래요, 조상굿해요, 한 게 8월 17일이에요. 16년 전. 당시 밤에는 트랜스젠더 바에서 일했으니까 술이 떡이 돼가지고 갔어요. 굿하기 전에 부정을 치잖아요. 부정을 치고 나서 신엄마가 신을 받아야겠다고, 안 되겠다고 그러는 거예요. 그때 말문이 탁 터졌어요. 그래요, 해요, 그랬죠. 그때부터 시작된 거예요.

굿하기 전에는 영혼이 드나드는 길을 청소하려고 부정을 친다. 기독교에서 성수를 사용하듯 무교에서는 마고할미★의 천수(맑은 물)를 쓰거나, 흰 천을 몸에 두르고 푼다. 이때 흰 천은 영혼이 다니는 길을 의미한다.

저는 기독교 집안에서 나고 자라서, 무당이 된 후에 부모님과 멀어지겠구나 싶었어요. 다행히 지금은 저의 삶을 받아들이고 존중해 주세요. 선생님은 무당이 되겠다고 했을 때 부모님과 갈등을 겪지는 않으셨나요?

다 찬성했어요. 저는 열일곱 살 때부터 트랜스 생활을 했기 때문에 부모님이 제 정체성도 알고 있었어요. 신령님을 모신다고 하니까 처음에는 식구들이 다 놀랐죠. 그런데 신을 받고 나니까 하나같이 하는 말이 잘됐다, 였어요. 내가 술집 나가서 술 따르는 트랜스젠더로 사는 게 싫고 너무 마음 아팠는데, 그래도 무당 일은 잘만 하면 사람들한테 인정받으면서 살 수 있으니까 괜찮다고 하더라고요.

내가 무당이 되었다는 소식을 듣고 내 부모님도 같은 마음으로 안도했을까. 무당이 되기 전에는 간간이 그림을 팔아서 생계를 겨우 유지하거나, 집회에서 하는 퍼포먼스로는 수입을 얻지 못해 성노동을 하기도 했다. 이 이야기를 에세이 《붉은 선》(글항아리, 2017)에 썼고 부모님이 책을 읽었으니, 얘가 성노동 하면서 집 없

이 지내느니 무당이 되어 안정적으로 자리 잡는 게 낫겠다고 생
각하지 않았을까. 아빠는 여전히 무당 말고 샤먼이라고 부르라고
하지만.

퀴어의 운명 해석

성소수자 손님들도 고민을 안고 찾아오시죠?

많이 와요. 좋아하는 사람이 있는데 성전환수술도 하
고 싶고 미치겠다, 이런 고민도 갖고 오시고요. 일반 점
집을 가면 속 시원하게 얘기를 못 하는 입장이다, 이러
시더라고요. 게이한테 이쁜 여자가 있는데 왜 결혼을
안 하니, 이런 헛소리를 빽빽 하니까. 우리 성소수자들
은 그런 소리가 너무 듣기 싫잖아요. 좋은 연으로 좋은
사랑을 하며 살아라, 하면 되는데 결혼 얘기를 먼저 하
니까 너무 싫고 답답해서 안 간다고 하더라고요.

나도 비슷한 고민이 있는 손님을 만난다. 이성애 결혼에는 관심
도 없는데 지금은 그래도 나중엔 결혼할 거다, 이혼할 수도 있다
는 말을 듣는, 운명을 이야기하는 곳에서조차 소외되는 사람들.
어떤 손님은 점사를 해석할 때 성소수자를 배제하지 않는 무당
의 존재만으로도 힘이 난다고 말했다. 선생님을 찾은 많은 성소
수자 손님도 큰 위로를 받았을 거다.

성소수자 손님의 점사는 새로운 관점으로 봐주시겠네요?

　　생일 달로 궁합을 봐줘요. 두 사람의 성향을 딱 객관적
　　으로 봤을 때 어느 정도 융화된다면 만나도 좋겠다고
　　인정해주죠. 잘 만나다가 어느 시기가 되면 끝나겠다
　　고 할 때도 있는데 그럼 정확하게 맞아요.

손님의 성적지향이나 성정체성보다는 관계의 역동 자체를 보신다
는 거죠?

　　그렇죠.

　　성별이분법과 이성애중심주의만큼 오래된 결혼과 연애에 대한
　　환상을 치우면, 인간관계를 해석하는 폭이 넓어지고, N개의 관
　　계만큼 다양한 해석이 가능해진다. 내가 페미니즘과 퀴어이론을
　　공부하는 이유는, 의식에 낀 먼지를 계속 닦기 위해서다. 그렇게
　　하지 않으면 공기처럼 존재하는 차별의 시선으로 신령님의 뜻을
　　왜곡해서 전달하기 십상이다.

저도 궁합을 보러 오는 분들이 계세요. 그리고 퀴어 친구가 자살
해서 힘들어하는 분도 오시고, 사회적인 차별 때문에 고민이 생긴
분도 많이 오시고요. 선생님을 찾는 손님들은 또 어떤 고민이 있으
시던가요?

　　어떻게 살아야 될까? 어떤 직업을 선택해야 할까? 거

의 그런 고민이에요. 퀴어인 지인이 죽어서 오거나 커밍아웃 문제로 죽고 싶어서 온 사람은 없었어요. 그런데 한번은 이런 경우가 있었어요. 자기가 게이인 걸 열여섯 살 때 알았고 스물한 살에 남자랑 첫 경험을 했는데, HIV에 감염됐어. 애가 펑펑 울면서 어떻게 살아야 될지 모르겠다고, 막 죽고 싶다고 그러더라고. 그래서 내가 그랬지. 죽지 마, 그거 요새는 병도 아니야, 그거보다 무서운 병이 더 많아, 네가 나중에 학교 졸업하고 나서 취직할 데 없으면 나한테 와서 매니저 해, 걱정하지 말고 자신 있게 살아, 약 꾸준하게 잘 먹으면 아무 이상 없어, 오래 살 수 있으니까 신경 쓰지 마, 그런 경우는 있었어요. 그 애 지금 잘 살고 있어요.

일반 손님이든 퀴어 손님이든, 점을 봐주면 하는 말이 다 똑같아요. 힐링을 하는 것 같대요. 점을 현실적으로 봐주고 잘못이 있으면 깨우침을 주니까 너무 좋다는 손님들이 많아요.

다른 무당의 편협한 점사에 상처받고 오시는 손님도 있더라고요. 그런 분의 점사는 어떻게 풀이해주시나요?

이성애자면 이성애자, 동성애자면 동성애자에 맞춰서 얘기해줘요. 20대면 20대, 30대면 30대, 40대면 40대, 50대면 50대, 60대면 60대에 맞춰서 점을 봐주죠. 젊은 애들이 왔는데 너네 조상이 어떻다 저떻다 같은 얘

"어차피 무당도
밑바닥까지 온 거예요.
어디 가서 우리가 무당인데요?
그러면 다 선입견 가지고 봐요.
왜? 옛날부터 무당에 대한
부정적인 인식이 많았기 때문에."

기는 필요 없어요. 내 입만 아파요. 그러니까 연륜이 쌓이면 넣고 빼고를 해요. 굳이 안 해도 되는 얘기는 안 하고. 20대 손님인데 사고가 날 거 같으면 언제든 조심하라고 얘기해주지만, 그 집 조상 얘기나 누가 어떻게 죽고 이런 얘기는 안 해줘요. 들을 얘기만 해주죠.

"어머니나 아버지 쪽에 억울함을 품고 죽은 여자 조상이 있어서 그 원혼이 따라붙는다"라는 말을 듣고 온 손님들이 많다. 한 없이 죽은 여성이나 성소수자 없는 집안이 세상에 어디 있겠는가. 혈연과 결혼제도로 가족을 이루고 조상을 모시는 전통이 강할 때에는 조상신령님께 빌고 의지하며 고난을 견뎠다. 하지만 개인이 공명하는 영혼의 범위는 혈연관계에 국한되지 않는다. 일반적인 의미의 돌봄뿐만 아니라, 영적 돌봄도 사회화되어야 한다. 나와 같은 자리에서 차별받아 억울한 다른 여성, 성소수자와 유대감을 느끼고 연대하면서 영적 치유를 함께 이룰 수 있다.

이혼하고 싶다는 손님한테는 이렇게 얘기해요. 이혼할 거면 빨리해, 질질 끌지 마, 미련한 짓이니까. 대신 그 거는 알아라. 만약에 점 보러 오신 분이 이씨고 남편이 박씨야. 이 남자하고 이혼하더라도 너는 죽어서도 박씨 집안 며느리야, 연지 곤지를 찍었기 때문에. 다른 집으로 시집가면 후처야. 그리고 이승에서 끝난 인연, 저승 가면 다시 이어져. 그래서 첫 번째 결혼 때 잘 살라는 거예요.

점집에 오는 손님들은 거의 다 신줄*이 있고 집안에 풍파가 많거든요. 자기 업을 닦기 위해서 살아야지 새로운 남자를 만난다고 그 사람한테서 더 좋은 걸 얻을 것 같아? 절대 아니거든요. 왜? 이씨 집안도 조상이 있고, 박씨 집안도 조상이 있어요. 자기 몸과 마음을 씻어내지 않고 다른 사람한테 시집간다 해서 잘 사는 사람 한 명도 못 봤어요. 요새는 80, 90 먹은 사람들도 이혼한다고 와요. 할아버지, 할머니들. 그래서 내가 대놓고 얘기했죠. 지금 이혼할 바에는 차라리 죽는 날 기다리시는 게 더 빠르겠어요. 달래줄 땐 달래주지만 가슴속에 꽂히는 소리 해줄 때는 해줘요.

'여자 팔자는 뒤웅박 팔자'라는 말이 있다. 남자만 잘 만나면 팔자를 편다는 뜻으로, 여성이 사회경제적으로 안정될 방법이 결혼제도밖에 없음을 보여주는 슬픈 말이다. 황혼이혼을 결심하고 나를 찾아오는 많은 여성 손님은, 평생 동안 재생산노동과 무시와 차별에 지쳐 뒤늦게나마 속박에서 해방되고 싶어 한다. 그들을 수호하는 조상신은 한번 결혼한 이상 그들이 고통을 계속 참고 살길 원할까? 아니다. 당장 그 집에서 나오라고, 왜 아직도 거기서 그러고 있냐고 말할 것이다.

신령님은 하늘에 있다가 뚝 내려오지도, 벽 뒤에 숨어 있다가 짠 나타나지도 않는다. 내가 정성을 다하는 일상에 함께하고,

일상적 사물에도 녹아 존재한다. 신당을 차려야만 신령님을 모실 수 있는 게 아니다. 옛날 사람들은 이를 알아서, 터줏대감★에게 기도하는 마음으로 신발장을 정리하고, 조왕신★에게 기도하는 마음으로 냉장고를 닦고 밥솥에 쌀을 올렸다. 가족 내에서 여성들이 주로 가사돌봄노동을 도맡아왔는데, 매일 떨어지는 가족의 머리카락을 치우고 먼지를 닦으며 집 안에 쌓이는 불결한 기운을 정화했다. 거실·안방·주방·화장실 등 집에 거주하는 신령들을 모시는 일을 '내조'라고 불렀으며, 이는 성장주의 사회의 동력이 됐다. 이렇게 정성을 들여 기도하던 여성이 이혼해서 한집 살림을 그만두면 이제까지 모신 신령을 등진다고 여겼다.

자신에게 벌어지는 모든 일을 그대로 수용하는 것이 올바른 신앙생활이라고 여성들은 배운다. 그래서 원치 않는 임신을 해도 출산하고, 남자가 마음에 들지 않아도 결혼하고, 하고 싶은 일이 따로 있어도 집에서 남편을 내조하고, 남편과 교감이 없고 심지어 남편에게 폭력을 당해도 내 팔자가 사나운 게 문제고, 일단 가정을 지켜야 하니까 꾸역꾸역 결혼생활을 유지한다. 모든 게 신의 뜻이기 때문이다. 무당뿐 아니라 목사와 스님도 비슷하게 이야기한다. 가정을 유지하기 위해서는 보이지 않는 여성의 재생산노동과 여성에게만 강요되는 도덕적 책임이 필요하다.

　　　　기득권의 종교관은 정상가족 이데올로기를 합리화해왔다. 종교도 사회적인 것이라 인간이 해석하기 나름이다. 이를 간과할 때 종교는 개인에게 정상성 수행을 강요하는 감시자 노릇을 하게 된다. 하지만 종교는 사회와 동떨어진 별개의 법칙이 아니고, 무당은 사회와 무관하게 신의 자리를 꿰찬 존재가 아니다. 무당이 사회가 어떻게 구성되는지 계속 공부하지 않으면 '신'의 이름으로 구조적 폭력에 가담하게 된다.

퀴어의 신줄

예원당 선생님은 유튜브 영상에서 퀴어가 신줄이 강하다고 이야기했다. 그 이유를 설명해달라고 하자 선생님은 성소수자도 장애인처럼 신의 벌전★이기 때문이라고 답했다. 아이를 지운 탓에 태아령★이 많아서 주어지는 칠성의 벌전이자 삼신의 벌전이라고.

임신중지수술 후 다른 무당에게 태아령이 붙어 있다는 말을 듣고 나를 찾아오는 손님들이 있다. 나 역시 같은 이유로 태아령이 있다는 소리를 들었다. 하지만 무당이 되고 보니, 태아령은 따로 없고 임신중지로 여성 개인이 느끼는 오래된 죄책감이 존재할 뿐이었다. 많은 여성이 죄책감에 시달리다 종교를 찾는다. 교회에서 울면서 회개하고, 스님이 주관하는 태아령 천도제에서 죽비로 자기 등을 친다. 원치 않는 임신을 중단했을 뿐인데, 자기 몸을 통제한 여성이 스스로 등을 때리는 광경은 이상하다. 임신중지는 태아와 여성이 대립하는 문제가 아니라 여성의 건강권 문제다. 하지만 한국의 무속신앙도 다른 종교처럼 여전히 이 문제를 태아 대 여성의 구도로 바라보는 인식이 있다. 임신중지 경험은 태아령이 아닌 여성 개인의 건강 운으로 접근하고 해석해야 한다.

선생님의 관점에서는, 명(命)과 복을 다스리는 칠성과 자손을 내주는 삼신할머니의 뜻을 거스르고 임신을 중단한 여성들에게 자손으로 내리는 벌전이 퀴어와 장애인이다. 《장애학의 도전》(오월의봄, 2019)의 저자 김도현은 손상 자체는 장애가 아니며, 손상을 장애로 만드는 사회가 있을 뿐이라고 말했다. 손상이 있는 이들을 배려하지 않는 사회에 대한 성찰과 비판 없이, 그저 신의 벌전으로 장애인이 탄생했다고 보는 사고방식은 모든 문제를 개인의 탓으로 돌려 불평등한 사회구조를 지탱한다. 성소수자도 마찬가지다. 성소수자인 것이 비극이 아니라, 그들을 존중하지 않는 사회의 규범과 시스템이 문제다. 모든 편견과 차별적 시선은 공기처럼 존재한다. 장애학과 퀴어이론을 공부하고 연대함으로써 창문에 낀 먼지를 닦아야 신령님의 뜻을 맑게 전할 수 있다.

신줄이 강한 것은 기존 사회의 규범에 담을 수 없는 맑고 큰 신령이 왔음을 의미한다. 신줄이 강한 사람은 인간의 일반적인 상호작용과 규칙에 맞지 않아 부적응자로 보인다. 그들은 종을 초월해 비인간 동물과 자연물, 죽은 존재와 연결되어 교감한다. 그만큼 인간 사회에서 낙오되어 뒷자리에 앉기 쉽다. 신병을 앓고 신내림을 받는 많은 무당이 '소외되는 존재 없이 가장 뒤에서 모두를 끌어안으려고 그동안 고통을 겪었구나' 생각하면서 자기 삶을 긍정한다. 아무리 끔찍한 일을 겪어도, 신의 이름으로 일어설 수 있다. 신줄은 차별받고 낙인찍힌 존재에게 쥐어지는 동아줄이다. 차별과 낙인이 억울한 귀신을 만든다. 이미 귀신이나 다름없는 소수자들은 그래도 남은 생을 살기 위해 무당의 옷을 입기도 한다. 선생님도 그랬을까?

죽은 사람 보고 귀신이라고 그러죠? 우리도 귀신이에요. 살아 있는 귀신. 저승에 간 사람들은 죽은 귀신. 사람들은 못 보지만 우리는 다 보잖아요. 부처님 말씀 중에 이승에서는 구업을 짓지 말라고 해요. 말을 함부로 하지 말라고. 그래서 사는 게 힘들고 고통이에요. 살아 있는 게 지옥이고 극락이에요. 내가 어떻게 살아가야 할지 고뇌하고 인내하면서 잘 살아야 돼요.

성별이분법과 이성애중심주의는 거의 모든 종교의 시작과 함께 한 뿌리 깊은 무의식이다. 이 무의식을 뒤집어 기존의 질서로 설명될 수 없는 개인은 존중받지 못하고 오해받는 상태로, 절반은 죽은 상태로 산다. 무당이 반 죽은 귀신이라는 이야기는 이런 맥락에서 나온다. 옛날에도 퀴어 무당이 보편적으로 존재하지 않았을까. 사실 모든 무당은 성별정체성을 횡단하는 퀴어다. 하나의 성별정체성으로 고정되지 않고 시기와 상황에 따라 할머니·할아버지·선녀·장군·동녀·동자가 실리기에 성별정체성이 유동적으로 변화하는 젠더플루이드 같다.

예전에 레즈비언 무당을 만났어요. 그분은 퀴어로서 받는 차별이
무당으로서 받는 차별보다 더 힘들다고 하셨어요. 그래서 직업은
쉽게 얘기하지만, 성적지향을 드러내는 건 어려우시대요.

자기 삶을 당당하게 생각하지 않는 거 아닌가? 자신을
사랑하지를 않으니까 정체성을 드러내지 못하잖아요.
내가 이렇게 산들 나를 좋아하는 사람도 있는데 굳이
왜 나를 싫어하는 사람한테 인정받으려고 눈치 보면서
지내야 돼요? 신령님까지 모시고 살면서. 나하고 같이
일하시는 법사*님도 레즈예요. 저는 게이들, 레즈들하
고 많이 일해요.

내가 아는 레즈비언 무당도 선생님처럼 자신의 정체성을 떳떳하
게 생각하는 사람이다. 다만, 모든 퀴어 무당이 선생님과 같은 수
준으로 자신을 드러내긴 어려울 것이다. 소수자는 늘 자기 존재
를 해명하고 설명해야 하는 위치에 놓이니까. 비슷비슷한 질문과
무례한 말을 듣기가 지겹고 답답해서 정체성을 굳이 오픈하지 않
을 수도 있다.

무당도 마찬가지야. 어차피 무당도 밑바닥까지 온 거
예요. 어디 가서 우리가 무당인데요? 그러면 다 선입견
가지고 봐요. 왜? 옛날부터 무당에 대한 부정적인 인식

이 많았기 때문에.

"어차피 무당도 밑바닥까지 온 거"라는 말에 왠지 위로를 받았다. 내가 '퀴어 페미니스트 비건 지향 무당'으로 소개된 기사에 이런 댓글이 달렸다. "전문 시위꾼에 성노동, 별짓을 다 하다 이제 무당까지 하네." 이 댓글을 보고 나는 묘한 자긍심을 느꼈는데, 억압당하는 존재가 무당이 되는 게 자연스럽기 때문이다. 밑바닥에 있어야 모두를 끌어안을 수 있으니까. 변태라는 낙인을 자긍심으로 만든 퀴어 프라이드처럼, 무당이 된 후 내가 느끼던 수치심은 자긍심이 됐다.

일반인이 우리보다 더 더럽게 살아. 오히려 성소수자가 더 깨끗하게 살아요. 일반인은 아니잖아요. 무속인도 마찬가지예요. 자기 똥이나 잘 닦으라 그래요. 깨끗하지 못한 사람이 남보고 구린 말을 많이 하는 거야. 남자든 여자든 일반 사람들 다 똑같아. 자기들은 깨끗하냐고. 성소수자는 안 그래요. 잘 살아, 깨끗하게 맑게.

깨끗하고 맑게 사는 건 무슨 뜻일까? 선생님이 앉은 오방색 의자가 반짝 빛났다. 프라이드 플래그의 무지개는 선과 악, 빛과 어둠, 깨끗함과 더러움의 위계를 초월해 모두가 고유한 빛깔을 가졌음을 나타낸다. 성정체성과 성적지향이 어떻든, 자녀가 있든 없든, 결혼을 했든 안 했든 모두 천지신령님 앞에서는 덧없고 아

"무당은
대가를 바라면 안 되는 사람.
목숨을 내놓고 사는 사람.
그래야만 살 수가 있어요.
어차피 우리 무속인은
죽은 몸이에요."

름다운 존재다.

한국 사회를 살아가는 성소수자에게 해주실 말씀이 있을까요?

당당하게 살아라. 예전에 하와이에서 살았거든요? 거기 사람들 참 당당해요. 우리나라 퀴어들 눈치 좀 안 봤으면 좋겠어요. 남 눈치를 자꾸 보니까 실수를 하더라고요. 내가 워낙 당당하니까 차려입고 나가서 뭘 해도 사람들이 나를 트랜스로 안 볼 때가 많아요. 난 얼굴 수술한 데가 없어요. 태어났을 때 얼굴 그대로예요. 어느 때는 나를 트랜스로 봐주길 바랄 때도 있어요. 왜? 그만큼 당당하니까. 어릴 때 모델로 일했는데, 너는 왜 이렇게 계집애 같냐는 소리를 들어도, 싫으면 말고 그랬어요. 옛날에는 트랜스라는 말이 없었어요. 게이, 호모 같은 말밖에 없었어요. 이태원 트랜스 바에서 일할 때도 당당했어요. 그런데 우리는 죄인이라 남한테 민폐 끼치는 짓은 하지 말고 선을 지키면서 모범이 돼야죠. 죄인이라고 해서 움츠릴 필요는 없어요. 안 그래요? 남이 눈살 찌푸릴 짓은 하지 말라 이거죠.

특히 젊은 게이들이 '오바'를 많이 해요. 굳이 안 그래도 되는데, 아무 데서나 일부러 막 끼를 떨 때가 있어요. 그럼 상대방이 인상 찌푸리죠. 자연스럽게 나오는 끼는 어쩔 수 없지만. 레즈 바도 가보고 레즈도 만나봤지만 레즈들은 안 그러거든요. 게이들이 과하게 행동하니까 자꾸 안 좋은 인식이 생기는 거예요. 과한 행동은 금물.

선생님은 다른 성소수자에게 당당하게 살라고 말하면서도, 퀴어 퍼레이드를 반대하는 사람들처럼 과한 노출은 삼가라고 했다. 주류의 목소리만 들리다 보니 소수자의 모습은 자극적인 방식으로 세상에 유통된다. 소수자도 각양각색의 사람들인데, 특정 행동만 부각되어 캐릭터처럼 소비된다. 그런 모습이 곧 소수자의 대표적인 이미지가 되어버린다. 튀어나온 못이 된 소수자를 비난하기 쉽지만, 왜곡된 이미지를 유통하는 사회 시스템을 지적해야 한다. '자연스러움'의 기준은 무엇일까? 그 기준은 누가 만들었을까? 우리의 존재를 부정하는 이들의 시선을 의식하지 말고, 퀴어 프라이드에 담긴 의미처럼 '그래, 나 더럽다, 어쩔래?'라고 말할 수 있는 해방이 모두에게 가능하면 좋겠다.

다들 자기 재능을 썩히지 않으면 좋겠어요. 퀴어들이 예술적인 재능이 많고 감각도 좋은데, 그걸 아깝게 내버려두는 분들이 많아요. 하루를 살더라도 즐거운 마음으로 살아야죠. 모두 다 행복하게 살면 좋겠어요.

퀴어문화축제에 가본 적이 있으세요?

가본 적은 없지만 가보고는 싶어요. 그쪽에서 후원해 달라고 하면 얼마든지 가서 후원해줄 거예요.

저는 2018년에 대구퀴어문화축제에 갔어요. '동성애 반대' 피켓을 든 보수 기독교인 앞에서 사람들과 춤추면서 즐거운 시간을 보냈거든요.

퀴어축제에서 굿하러 와달라고 하면 해주고 싶어요.

다음에 축제에 함께 가요. 저희 식구들도 소개해드리고 싶어요.

그래요, 언제든 편안하게 연락해요.

"무당은 희생하는 사람."

무당은 어떤 사람일까요?

무당은 희생하는 사람. 대가를 바라면 안 되는 사람. 목숨을 내놓고 사는 사람. 그래야만 살 수가 있어요. 어차피 우리 무속인은 죽은 몸이에요. 너무 슬프죠. 그래서 마지막까지, 죽어서 땅속에 들어갈 때까지 뭘 기대하면 안 돼요. 할머니, 할아버지 방울부채를 쥐고 불사복* 입고 죽어야 돼요. 그때까지 그냥 희생하면서 살아요. 얻을 것도 없고, 자식도 함부로 낼 수도 없고. 나는 가족들 기도, 신도들 기도, 신령님 기도 하고 나서 맨 마지막에 내 기도 하는데, 건강 주세요, 지혜 주세요, 해요. 왜? 제자는 지혜로워야 하니까. 명기서기*는 신령님께서 다 받아오셔. 우리 제자들은 희생뿐이야. 그 희생정신을 깨달은 지 이제 10년 됐어요.

"무속인은 죽은 몸"은 기존의 자아를 비우고 다른 존재에게 공명
하는 몸을 의미한다. 내가 잘 비어 있어야 그들이 쉬어 갈 수 있
으며 내 몸을 통해 말도 하고 정화도 되니까. 이렇게 죽은 상태
로, 누군가를 위해 기도하고 빌어주는 무당이라는 직업이 존재해
서 다행이다. 희생은 성장주의 및 자본주의와 맞지 않고 성공은
커녕 내 밥줄이 되지도 못한다. 바보 같아 보일 수도, 슬퍼 보일
수도 있다. 하지만 누군가를 위하는 동안 나는 타자와 연결된 몸
으로 존재하는 만큼 확장되고 해방된다.

무당이 되는 방법은 다양하지만, 대부분 선배 무당의 제자가 되
어 신내림을 받는다. 제자가 있느냐는 질문에 선생님은 이렇게
대답했다.

자면서도 기도하고, 밥 먹으면서도 기도하고. 우리는
속내를 드러내지 못하잖아요. 하지만 내 몸주☆가 있고
몸주의 주장이 있기 때문에 다른 걸 하면서도 속으로
계속 이야기를 한단 말이에요. 그게 기도예요. 나를 내
려놓고 비우려고 하는 게 기도죠. 그래서 큰 선생님 되
기도 힘들고 제자 되기도 힘들어요. 나는 16년, 17년 했
지만 제자가 없어요. 아직 한 명도 내본 적이 없어요.
너무 힘들고 고된 길이라 진짜 그 길을 가야 될 사람이

라면 오케이. 그런데 없더라고요.

　　우리는 절대 인간을 믿고 살면 안 돼요. 내 신령님, 내 할아버지, 내 할머니만 믿고 살아야죠. 인간사하고는 다 인연줄을 끊어놔요. 애동★ 때는 그런 상황을 못 견디죠. 신령님이 나한테 왜 그러시지? 나 외로운데. 나 서글픈데. 그런데 그럴 수밖에 없어요. 신만 바라보고 살아야 살 수가 있으니까, 애기는. 나는 지금도 마찬가지예요. 10년이 넘고 17년째 되니까 게을러지기는 해요. 초년에는 막 죽어라 기도하고 여기저기 열심히 다녔는데, 이제 연차가 되니까 신령님이 그만하라고 하죠. 중요할 때만 시켜요.

나도 '검은 머리는 믿지 마라, 인간들과 어울리지 마라' 같은 이야기를 많이 들었다. 무당은 인간과의 상호작용과 정상규범에 맞지 않다고 보기 때문이다. 무당이 모시는 신령님도 인간이 아니기에 일리 있는 말이다. 무당이 아니더라도 많은 사람이 비슷하게 고민한다. 어떤 손님이 인간관계를 지속하기 어려워서 나를 찾으면 손님에게 인간관계 자체에 크게 연연할 필요는 없지만, 뜻이 맞고 서로를 돌보는 도반이 있다면 그들과 함께해도 좋다고 말한다.

　　무당이 되기 전에는 고통스러운 인생과 인연에 지쳐서 모든 걸 끊어버리고 싶었지만, 무당이 된 지금은 고통스러울 때 비슷한 자리에서 울고 있는 다른 존재를 떠올린다. 내 고난은 나만

의 고난이 아니라는 걸 깨닫고 연대할 방법을 궁리한다. 냉소로
차가워진 마음이 다시 따뜻해진다. 모두를 위해 기도하라는 신령
님의 뜻을 느낀다. 신령님은 모든 인연줄을 억지로 잡으려는 내
집착을 끊어놓은 대신, 우애와 연대의 인연줄을 단단하게 해주
었다.

나하고 맞는 직업, 나하고 맞는 사람, 나하고 맞는 음
식, 나하고 맞는 색깔을 찾아서 사는 것이지. 인간이 무
엇을 알겠어요. 다 자기가 잘난 줄 알아. 못난 사람이
어딨어. 안 그래요? 다들 깨닫지를 못해요. 그래서 내
려놓고 살아라, 비우고 살아라, 라는 말이 있잖아요. 나
도 무당으로 살면서 깨달았어요. 그 전에는 몰랐어, 나
도. 나 혼자 잘난 줄 알았죠.

선생님의 말씀처럼, 우리는 내려놓고 비우며 서로에게 곁을 내어
줄 수 있을 뿐이다.

선생님은 11월 3일에 개봉한 퀴어영화 〈공작새〉(2022)에 무당
역할로 출연한다. 인터뷰가 끝난 후 선생님은 나에게 주로 어디
에 기도하러 가냐고 물었다. 무당끼리 이렇게 묻는 건, 직장 동료

에게 오늘 점심 먹으러 어느 식당에 가는지 물어보는 것처럼 친근하다. 나는 보통 고향인 강원도로 간다고 했다. 선생님은 자신도 강원도 춘천이 고향이라고 했다. 나도 고향이 춘천이다. 춘천에서 태어나 계룡산에서 또 한 번 태어난 두 퀴어 무당의 만남이라니, 새삼스러운 동시성에 놀랐다.

인터뷰를 하고 두 달 후, 서울에서 퀴어문화축제가 열렸다. 예원당 선생님은 함께하지 못했지만, 나는 파란색으로 바디페인팅을 해서 피부가 파란 칼리의 모습으로 광장에 나갔다. 하늘에선 보슬보슬 비가 내렸다. 무지개 우산과 오방부채를 들고 방울을 흔들며 춤췄다. 다음엔 퀴어 영혼 대동굿[★]에서 선생님과 꼭 같이 놀고 싶다. 시스젠더·이성애자·비장애인이 아니라는 이유로 소외된 모든 몸과 연대하며, 무당이 된 지금도 종종 차별받는 우리를 위해 알록달록 오색찬란한 굿판을 열고 싶다.

젠더플루이드	상황과 관계에 따라 유동적으로 달라지는 성정체성을 의미한다.
팬섹슈얼	상대의 성정체성에 상관없이 성적 끌림을 느끼는 성적 지향을 의미한다. 범성애라고도 한다.
팬로맨틱	상대의 성정체성에 상관없이 로맨틱 끌림을 느끼는 로맨스 지향을 의미한다.
릴레이션십 아나키	규정과 위계를 두지 않고 관계 맺는 방식이다. 한 명 이상과 관계를 형성하며 개별 관계에 독점적 의미를 부여하지 않는다. 논모노가미(non-monogamy), 즉 비독점 관계라고 할 수 있다.
조상굿	조상신령님의 한과 원을 풀어주는 굿이다. 조상굿을 통해 막혀 있던 금전·건강·인연 운을 풀거나 소원 성취를 빈다. 내림굿을 할 때 조상굿을 거치는 경우가 많다.
마고할미	만물을 만든 창조신이다. 마고삼신할미, 천관성모님이라고도 불린다. 여성이라서 잘 알려지지 않았거나 남성 창조신의 아내로 격하된 여신이 많다. 힌두교의 '검은 지모신' 칼리, 페루 샤먼이 모시는 파차마마, 대지의 여신 가이아 등이 모두 마고할미 같은 창조신이다.
신줄	무당이었거나 종교적 수행을 오래 한 조상이 있는 집안의 자손이 받게 되는 줄(관계 혹은 인연)이다. 조상의 신줄을 조상줄, 칠성신의 신줄을 칠성줄이라고 부른다.
터줏대감	집안을 지켜주는 가정신령 중 가장 오래된 신령이다. 집의 기반이 되는 터를 지키며, 현관 입구에 상주한다.

조왕신	식사와 난방에 필요한 불을 관장하는 가정신령으로, 부엌에 상주한다. 옛날에는 가마솥에 불을 때며 조왕신에게 기도했다면, 지금은 냉장고를 정리하거나 부엌에서 요리하는 일상이 곧 조왕신을 향한 기도다.
벌전	신에게 잘못을 저질러서 받는 벌을 뜻한다. 신이 실제로 벌을 준다기보다는 인간의 집착이 어려운 상황을 끌어당기는 것이다. 차별과 불평등의 토대에 대한 이해가 없으면, 모든 걸 개인의 책임으로 해석하기 쉽다. 기후 위기로 인해 자연재해가 일어났을 때 사회경제적으로 취약한 존재가 가장 큰 피해를 보듯, 소수자가 받는 벌전이 늘 더 크다. 많은 사람이 고통스러운 상황에서 자신의 잘못으로 신의 벌전을 받았다고 생각하기에, 불평등한 구조와 문화적 차별이 유지된다. 신령님은 두려움을 가져가는 존재이지, 두려움을 미끼로 믿음을 강요하는 존재가 아니다. 벌전은 인간의 죄책감과 두려움이 만들어낸 모든 종교의 오래된 그림자다.
태아령	태아의 영혼이다. 여성이 임신을 중단하거나 유산했을 때, 태아가 저승으로 가지 못하고 구천을 떠도는 태아령이 된다고 여겨졌다. 태아령은 좋은 인연이나 사회적 성취의 기회를 가로막는 장애물이며, 특히 여성에게 태아령이 붙어 있으면 '좋은 남자'를 만나지 못하거나, 남편과 자꾸 싸우게 되거나, 건강에 문제가 생긴다고 해석했다.
법사	불교 수행자를 뜻한다. 불교 수행을 하는 무당을 법사라고 부르기도 한다.
불사복	무속신앙에서 불사는 '죽지 않는 존재'라는 뜻으로, 강신무가 모시는 신령이다. 불사할머니·불사할아버지·불사대감 등으로 불린다. 불사복은 불사신령님이 입는 흰옷이다. 무당은 이미 죽은 것과 같으니, 죽어서도 불사복을 입

는다고 표현한다. 불사는 죽음도 뛰어넘는 영험함과 차별
없는 세상을 위해 공덕을 쌓는 수행을 의미하기도 한다.

명기서기   명기와 서기. 명기는 머릿속에 들어오는 생각과 직관을
말과 글로 표현하는 것이며, 무당이 신령님의 공수를 명
확하게 전달하는 능력이다. 서기는 무당이 점사를 볼 때
몸으로 인지하는 감각을 표현하거나 몸으로 한풀이 흥
풀이 굿을 펼치는 능력이다.

몸주   무당이 모시는 주 신령이다. 점을 볼 때뿐 아니라 일상생
활에서도 무당과 함께하는 신령(들)을 뜻한다. 하늘신령,
자연신령처럼 아주 큰 신은 몸주신이 될 수 없고, 인물신
령만 몸주신이 될 수 있다고 보는 무당도 있다. 일상에서
사람이 늘 하늘 같고 바다 같기 어려운 것과 같은 이치
다. 어떤 무당은 몸주신을 포함한 모든 신령이 언제나 함
께한다고 느끼고, 어떤 무당은 몸주신이 주로 함께하고
특정 시기에 다른 신령들도 찾아온다고 느낀다.

애동   신내림을 받은 지 얼마 안 된 무당. 애동제자라고도 불
린다.

퀴어 영혼 대동굿   퀴어문화축제를 샤머니즘의 언어로 번역한 말. 영혼은
성별이분법을 횡단하는 퀴어. 대동굿은 소외되는 존
재 없이 모두가 어울려 하나가 되는 굿이다. 퀴어 영혼
대동굿은 성별이분법과 이성애중심주의에 갇힌 의식을
흔들어 깨우는 해방의 굿판이다.

미래는 모르겠고 뭐가 답답한지만
얘기해보라고 했죠

대동굿판을 여는 무당
솔무니

대동굿에서 솔무니를 처음 만났다. 2021년 5월, 동대문디자인플라자에서 '지구를 위한 소풍'이 열렸다. 기후변화 대응을 위한 다자간 국제 협의체 'P4G'의 정상회의가 개최되는 날이었다. '기후위기비상행동'과 '멸종반란한국'에서 주최한 소풍에는 다양한 활동가와 예술가, 시민들이 모였다. 기업 대표와 각국 정상이 모여 듣기 좋은 말만 하는 동안, 사람들은 잔디밭에 돗자리를 깔아 안 입는 옷과 안 쓰는 물건을 나누고, 비건 빵을 먹으며 요가를 했다.

　나는 붉은 정령 퍼포먼스를 하려고 소풍에 참여했다. 동료 다섯 명과 큰 돗자리를 깔고, 각자 스케치북에 나무를 그린 후 나무의 느낌에 대해 이야기했다. 동료 중 한 명이었던 솔무니는 나긋나긋한 말투로 자신을 춤추는 사람으로 소개했다. 눈을 깜빡일 때마다 길고 짙은 속눈썹이 눈 밑에 내려와서 깊게 명상하는 모습 같았다. 그는 무당인 나에게 할 말이 있어 보였다. 나는 노란색 정사각형 종이에 빨간색 트리스켈리온☆ 문양이 인쇄된 부적

명함을 솔무니에게 줬다. 연락처를 교환한 우리는 이후로 종종 안부를 나눴다.

3주가 흘러 솔무니를 다시 만났다. 2021년 6월 27일, 그의 내림굿 의식이 열리는 서울의 독립문화공간 '스페이스 쑥'에 찾아 갔다. 답십리역 근처 골목에 자리한 그곳은 예술가들이 한을 풀고 흥을 나누는 무대다. 솔무니의 공연 이름은 '붉은 정령의 신내림굿'이었고, 부제는 '새로운 형식의 굿 실험 예술'이었다.

솔무니는 한 평 남짓한 무대 앞에 헌책을 쌓았다. 향을 헌 책으로 대신한다는 말과 함께 빨간 옷을 입고 등장해서 빨간 천을 두른 방울을 흔들었다. 방울 소리는 새벽의 두꺼비 울음처럼 우렁차고 물처럼 맑았다. 그가 방울을 흔들 때마다 한국 무속신 앙에서 모시는 단군·환인·환웅·마고할미 등의 신령이 차례대로 오셨다. 그들은 한반도가 분단된 현실을 개탄하며 한숨을 쉬었다. 다음으로 전태일 열사, 5·18민주화운동 희생자, 제주4·3항쟁과 세월호 참사 희생자의 넋을 부르고 억울함을 달래는 춤사위가 이어졌다. 자본과 권력 집단에 의한 폭력으로 목숨을 잃은 존재들을 호명하고 끌어안는 것으로 굿이 마무리되었다.

그의 공연을 보며 무당은 길흉화복을 점치는 사람이기 전에 지구와 이웃을 돌보는 사람임을 다시 인식할 수 있었다. 이웃이 겪는 폭력과 차별을 보고 그냥 지나치지 못하는 마음, 지워지고 가려진 존재의 애통함에 머물러 함께 우는 마음이 기도의 기원이다. 그는 이후에도 계속 굿을 통해 국가폭력의 희생자를 애도했다.

솔무니의 이야기를 듣고 싶어 인터뷰 약속을 잡고 나서 강렬한 꿈을 꿨다. 외할머니가 생전에 지내시던 집 마당에 모닥불을 피울 준비를 하고 있었다. 하늘이 푸른 저녁때였다. 나는 모닥불 주위로 간이 의자를 일곱 개 놓았다. 곧이어 검은색 점퍼를 입은 사람들이 신문과 펜, 노트를 들고 왔고 나는 그들에게 인사하며 자리를 안내해주었다. 그들은 아무 말도 하지 않고 진지한 눈빛으로 미소 지으며 모닥불을 바라보기만 했지만, 민주화운동·통일운동·여성운동을 하던 열사임이 느껴졌다. 새로운 굿판, 집회를 모의하려고 비밀스럽게 모인 것 같았다. 잠에서 깬 뒤 나는 벅찬 마음으로 꿈 일기를 썼다.

"큰 굿판이 필요하다. 저항의 굿판이 시작될 것이다."

나의 신당에서 솔무니를 만났다. 그가 오기 전 촛불을 켜고 향을 피웠다. 제단에는 세월호 희생자를 추모하는 노란 리본과 마야 달력★이 나란히 놓여 있다. 그는 촛불을 바라보며 가만히 기도한 뒤 나를 보고 두 손을 모아 인사했다.

나마스떼.

나마스떼.

나마스떼는 '당신 안에서 신을 봅니다'라는 뜻이다. 솔무니가 건넨 명함에는 '아시아 춤극 연구소·박수무당·내면 여행 가이드·평화 활동가·힐링 코칭·밝은춤[★] **구루(guru)'라는 소개가 적혀 있었다.**

"폭력적인 영웅 서사를 가진 신은 안 만나죠."

솔무니 님의 신내림 의식을 보며 전율을 느꼈어요. 전태일부터 세월호 참사 희생자까지 다양한 분들이 오셨잖아요. 보통 무당이 신내림을 받는 신과 달라 인상 깊었는데, 그때 모신 신령님 이야기를 들려주세요.

사회 부조리에 눈떠갈 때 만난 인물이 전태일이었어요. 그가 추구한 영적인 에너지가 마음에 계속 남아서 신으로 모시게 됐어요. 몇 년간 세월호 참사 희생자를 추모하는 작업을 했고, 광주5·18에 관한 추모 작업, 제주4·3 희생자에 대한 위령 작업도 했어요. 희생된 영혼을 불러내서 만나는 작업은 단순히 슬픔과 아픔을 위로하는 걸 넘어서, 그들이 꿈꾸던 세상과 아름답고 소박한 영적 에너지를 기리는 거죠. 그들과 영적으로 접

촉할 때 그들이 세상에 전하는 메시지를 느껴요. 악행에 복수하려는 심리가 아니라, 인간이 왜 살아야 하는지, 우리가 어떻게 생명을 가꾸어야 하는지를 이야기해주는 것 같아요.

인도에서 부토춤을 추다가 내뱉은 말이 떠올랐다. "그러니까 사이좋게 살라고, 이놈들아. 왜 아직도 싸우고 있느냐고!" 만물을 화해시키려는 신령의 절규였다.

　　　신령은 힘센 천하무적이라 언제나 승리하는 존재로 그려진다. 그러나 솔무니가 모시는 신은 세상과 삶에 존재하는 아름다움과 아픔을 모두 품은 모습이다. 마치 없는 살림에도 만물을 돌보려고 노력하는 이웃 같다. 그는 자기가 받드는 신령이 왜 무속신앙의 통상적인 신령과 달라 보이는지 설명했다.

폭력적인 영웅 서사를 가진 신을 만나는 무당도 있는데, 저는 그런 신은 안 만나죠. 한국에서 근대에 무당이 된 강신무 중에서 맥아더 장군을 모시는 경우가 있었어요. 자신의 모든 욕망을 실현해줄 것처럼 강한 신들의 에너지를 공명시켜 굿을 하기도 하지만, 굿은 '좋게 만든다'라는 뜻이고 세상을 아름답게 만드는 게 굿의 역할이잖아요. 전쟁을 일으키고 살생을 저지른 신이 중요한 게 아니잖아요. 겉으로 보기에는 되게 힘이 세 보이지만요.

신령님은 세상을 안타깝게 보는 사랑의 시선으로 와요. 그래서 희생된 영혼을 만나는 작업이 의미 있어요. 세상을 밝히는 데 그들에게 엄청난 빚을 지고 사는구나 느끼고요. 4·3 관련 작업을 하러 제주도의 애기무덤에서 춤췄는데요, 그렇게 영혼과 소통하면 삶의 무게와 답답함을 거두고 오히려 제가 힘을 받아요. 이게 제가 추구하는 굿이에요.

신에게 선택받은 자가 무당이 된다고 알려져 있다. 무당이 내림굿을 하기 전까지 어떤 신을 주로 모실지 모른다는 말이다. 그런데 어떤 신령이 나에게 올지 내림굿을 받아야 아는 경우도 있지만, 내림굿 절차를 거치지 않아도 어느 날 신령의 이름을 부르며 일어나 그 신령을 모시게 되는 경우도 있다. 무당 개인이 느끼는 고통의 범위와 사회역사적 위치에 따라 공명하는 신령의 기운이 달라지므로, 내가 모실 신을 무의식적으로 '선택'한다고 볼 수도 있다.

한국전쟁 직후에는 맥아더 장군을 신령으로 모시는 강신무들이 생겨났고, 전염병과 피부병이 유행한 시절과 지역에는 호구별성★을 모시는 무당이 많았다. 질병으로 삶을 온전히 누리지 못한 채 죽은 사람, 사회정치적 파도에 휩쓸려 억울하게 죽은 사람이 신격화되어 무당이 모시는 신령이 되기도 한다. 무당도 당연히 이 사회에 발붙이고서 사회와 영향을 주고받으며 살아간다.

신선생님이 내림굿을 하고 나서 한반도의 평화를 위해 DMZ로 기도하러 가자고 하셨어요. 어쩌다 보니 태극기 부대, 어버이연합 같은 단체에서 온 분들과 동행하게 됐어요. 버스에서 여러 사람이 마이크를 잡고 광주민주항쟁, 제주4·3항쟁은 빨갱이들 짓이라고 하더라고요. 선생님도 그분들 말이 맞다고 생각하시는 것 같았어요. 그 모습을 보면서 생각이 많아졌죠. 선생님은 영적으로 맑은 분인데 왜 역사적 사실에 대해서는 사리가 밝지 못할까, 맑은 것과 밝은 것은 다르구나 느꼈어요. 그렇게 말하는 사람도 전쟁의 상처를 사회적으로 치유할 수 없어 풀지 못한 억울함이 있겠지만요.

누구의 고통을 볼지, 누구를 애도할지는 본인의 선택에 달린 것 같아요. 모든 건 정치적이니까 무당이 모시는 신령의 기운도 정치적일 수밖에 없죠. 무속신앙뿐 아니라 모든 종교가 마찬가지고요. 그렇다면 왜 많은 무당이 폭력의 피해자가 아니라 힘 있는 장군님을 모시는 일에 더 집중할까요? 장군신령님도 사실 산천을 지키는 마음으로 우리와 연대하는 분인데, 이 영적 에너지가 인간 사회의 민족우월주의나 가부장제와 결합하면서 왜곡된 형태로 발현된 것 같아요.

서울·경기권에 그런 강신무가 생긴 이유는, 6·25전쟁 때 희생된 망자를 달래야 했기 때문이라고 해요. 모든 종교가 원래 삶과 죽음의 통과의례를 주관하잖아요. 전후의 혼란기에는 우리나라의 정신문명이 다 무너져서 망자의 한을 풀어줄 시스템이나 장치가 없었어요.

서구의 가톨릭처럼 보편적인 창조신을 통해 위로를 받고 마음의 안정을 취할 수 없는 상황이었어요. 그래서 당시에 미아리고개나 신당동에서 집단 장례를 치르면서, 전통적인 세습무보다 급작스럽게 신을 강하게 받은 강신무가 많이 생겼어요. 생존과 죽음이라는 원초적인 환경에서 기댈 곳이 필요했으니까 차선의 방법이 나온 거죠. 시대적인 필요에 의해서 무당이 각 지역의 제사장 역할을 맡았어요. 힘없는 민중을 달래주려고 가장 힘 있어 보이는 맥아더 장군이라도 모시고 굿을 했죠. 그분들은 자기 자리에서 최선을 다하지 않았을까 싶어요.

종교는 오래전부터 모두의 종착지인 죽음을 사회적으로 애도하고 개인적으로 치유해왔다. 사랑하는 존재를 잃은 서글픔과 전쟁으로 인한 황망함을 누군가는 달래주어야 했을 거다. 강신무는 시체가 쌓여가고 사람들이 울부짖는 거리에서 당장 뭐라도 해야 했을 거다. 이런 마음에서 신명이 나온다. 강신무는 기득권이 기록한 '역사'를 알지 못해도 최선을 다해 앞에서 우는 사람을 안아주면서 살았을 거다. 길거리의 쓰레기를 기꺼이 줍는 마음으로.

자기 역할에 충실했을 때 다음 세대에 물려줄 수 있는 문화적인 변화가 생기겠죠. 나중에는 분명히 우리 시

"세상을 아름답게 만드는 게
굿의 역할이잖아요.
전쟁을 일으키고 살생을 저지른
신이 중요한 게 아니잖아요."

대의 한계가 또 드러날 테고요. 저나 홍칼리 님처럼 새로운 세대가 새로운 굿을 도모하고 있듯, 큰 맥락에서는 한 단계 한 단계 앞으로 잘 나아가고 있지 않나 생각해요.

솔무니의 세대와 나의 세대가 공유하는 사회적 가치는 무엇인지 궁금해졌다. 그가 문화운동을 시작한 계기를 들어보면 힌트를 얻을 수 있지 않을까?

대동굿판을 열다

문화운동을 언제 시작하셨나요?

1988년에서 1990년대 초반이었어요. 중학교 담임선생님이 역사를 가르쳤는데 전교조 운동을 하셨어요. 인간이 삶에서 역사를 스스로 만들어나가는구나 생각하게 됐죠. 선생님이 교육 현장에서 형사한테 끌려가는 모습도 목격했어요. 그 후로 저는 명동성당에서 단식 투쟁하는 선생님을 찾아 나섰어요. 고등학교에 가면서는 지역 문화운동 단체 '희망세상'에서 활동했어요. 독서토론 모임도 열고 문학·풍물·탈춤도 가르쳐주는 교육 단체이기도 했어요. 여기서 풍물굿★을 배웠어요. 센터 2층에는 야학운동을 하는 작은 교실도 있었어요.

당시에는 운동권 단체라고 빨간 딱지가 붙어서 안 좋은 시선이 있었죠. 이후에 '상계동 주거연합'에서 주최하는 철거 반대 운동에도 참여했고요. 92년 무렵에는 종로에서 독재 타도를 외치며 정기적으로 데모를 했어요. 행진하면서 최루탄도 맞고요. 행진의 기억이 굉장히 강렬하죠.

2008년 촛불집회 때도 거리에 나가셨어요?

마음으로만 동조하고 거리에 나가지는 않았어요. 많이 지친 시기라 대중 속에 있기 힘들었거든요.

저는 2008년, 열여덟 살 때 생애 처음으로 '굿판'에 참여했어요. 당시에 교회를 열심히 다녔는데, 밤에 촛불을 들고 모르는 사람들과 함께 앉아 있으니까 예배 드리는 것 같아서 눈물이 나왔어요. 다 같이 촛불을 흔들면서 노래를 불렀고, 집회가 끝나자 거리를 청소한 후 삼삼오오 모여서 앞으로 어떤 실천을 할지 고민했어요.

그 후 학생운동을 하다가 노동운동을 하려고 고등학교 특수학급 보조교사로 취직했어요. 그러다가 사회적기업 협동조합을 설립해서 활동했고요. 2014년 세월호 참사 때 말도 안 되는 일이 벌어졌다고 생각했고, 답답한 마음에 좀 더 직접적으로 밖에서 뭐라도 해야 할 것 같았어요. 그때 처음 노란색 천을 들고 거리에 나가 앉았어요. 낮에는 퍼포먼스를 하고 밤에는 담벼락에 그라피티를 그리면서 생활했어요. 무당이 된 지금 과거를 돌아보면 사실 예전부터 굿판에 계속 참여해왔구나 싶어요. 굿이 세상을 돌보려는 영성이 공명하는 장이라면, 모든 혁명의 순간이 굿판이겠죠.

예전에는 사람들이 새로운 세상이 오기를 바라는 마음으로 모이고 외치는 것을 '대동굿판을 연다'라고 표현했어요. 대동이 '크게 하나가 된다'라는 뜻이잖아요. 모든 사람이 대동굿판에서 축제처럼 신분·성별·나이 다 내려놓고 사회를 정화하는 에너지를 하나로 엮죠. 우리가 명상할 때 차크라*를 치유하듯, 대동굿은 사회의 차크라를 정화하는 작업 같아요. 집단 신명을 통해서요.

어떤 사람은 "촛불을 들어서 뭐 하니, 그럴 시간에 영향력 있는 사람이 될 준비를 해야지"라고 말했고, 교회에서는 "촛불집회 나가도 소용없다. 다 하나님의 뜻이 있는 법"이라고 말했다. 하나님이 우리가 소외된 이웃을 모르는 척하고 지나가길 바란다고? 예수님은 이웃에게 자기 옷도 내주고, 사람들 간의 위계를 만들고 우열을 가리는 성전을 부수고 다닌 혁명가였는데? 촛농이 손가락으로 떨어져 뜨거웠지만, 나도 촛불을 켜고 밤을 밝히는 데 힘을 보탤 수 있어서 행복했다. 작은 촛불이 무슨 힘이 있겠냐고 말하는 세상의 중력은 중요하지 않았다. 작은 신당에 촛불을 켜놓고 솔무니와 이야기를 나누는 시간이 대동굿의 연장선 같았다.

영화 〈만신〉에 나오는 장면인데, 고 김금화 선생님은 DMZ 철조망 앞에서 굿하신 적이 있어요. 그때 김일성 주석에 접신이 돼서 철조망을 넘어가려고 했고 철조망 앞에서 울부짖으셨어요. 국가보안법에 걸릴 수도 있는 행동인데, 어쩔 거예요, 잡아갈 수도 없고요. 무당은 이승과 저승의 경계를 넘듯이 이북과 이남의 경계 역시 뒤흔들며 국가보안법을 포함한 모든 금기를 부술 수 있는 존재라고 생각했어요. 언젠가 철조망 앞에서 무당 동지와 굿판을 열고 싶어요.

아, 좋죠. 앞으로 할 일이 많을 것 같네요.

솔무니와 대동굿을 주제로 신나게 이야기했다. 사회적 치유는 어떻게 가능할지 오래 고민해왔는데, 실마리가 풀리는 느낌이었다. 사회적 변화와 영적 각성은 함께 온다. 세월호 참사 이후, 희생자의 죽음을 애도하는 사람에게 종종 죽음을 정치적으로 이용한다며 비난하는 이들이 있었다. 비슷한 비극이 다시는 일어나지 않도록 변화를 모색하는 대신, 이념의 프레임으로 사회적 애도를 고립시키려는 습관이다. 모든 억울한 죽음에는 모두의 애도가 필요하다.

가난한 사람이 보일러 켤 돈이 없어 추운 곳에서 자다가 죽으면, 공동체의 지혜를 모아 제도를 개선해서 죽은 사람에게 뒤늦게나마 이불을 덮어줄 수 있다. 그때 많이 추웠죠, 곁에 있지 못해 미안해요, 이제 우리가 따뜻한 이불을 마련할게요, 하며 함께 울어줄 수 있다. 중증장애인이 활동보조인 없이 집에 방치되어 홀로 죽었을 때, 이런 일을 예방하고자 애쓰는 행동이 곧 애도

다. 남편에게 맞아 죽은 여성이 '한 많은 여자 귀신'으로 남게 하지 않으려면 어떻게 해야 할지 머리를 맞대고 고민해서 해결책을 마련해야 억울한 영혼을 천도해줄 수 있다. 공장에서 태어나 평생 갇혀 살다 자루에 담겨 산 채로 암매장된 수만 마리의 닭·오리·돼지도 마찬가지다. 공동체의 애도가 없으면 억울하게 죽은 존재는 공포영화에 등장하는 두려운 타자인 '귀신'이 된다. 나는 귀신이 무섭지 않은데, 내가 무당이어서가 아니라 그들이 늘 '타자'의 자리로 밀쳐진 존재이기 때문이다. 사회에서 탈락되고 희생된 존재를 비극적인 에피소드로 소비하지 않고, 그들을 기억하고 그들과 연대하는 솔무니의 여정이 고맙다.

"점사를 보고 싶어요."

현재 작업 중인 굿이나 다른 계획이 있나요?

민주화 항쟁의 영령을 만나는 작업을 하려고 해요. 광주를 순례하면서 박기순 열사★의 생가도 찾아가 보고요. 거기에 들불야학 7인★의 기념탑이 있어요. 내년부터 박기순 열사를 시작으로 7년에 걸쳐서 매년 한 분씩 기념하는 작은 예술제, 굿판을 열 거예요. 첫해에는 박기순 열사의 생가 마당에서 하려고요. 칼리 님도 같이 하면 좋을 것 같아요.

너무 좋아요. 이런 작업을 함께할 수 있을까 해서 뵙고 싶기도 했어요. 코로나 이후로 주로 점사를 보는데, 제가 실내에 가만히 앉아 있는 무당인 것 같아 답답했거든요. 부당 징계를 받아서 투쟁 중인 전교조 선생님이 점사를 보러 오신 적이 있어요. 언제 일이 풀릴지 물어보셨는데, 내년엔 괜찮아질 거라고 위로의 말씀을 드렸지만 충분하지 않다고 느꼈어요. 적극적인 행동과 실질적인 연대가 필요하지 않나 싶었어요. 솔무니 님은 직접 몸으로 뛰면서 춤추고 연대하고 계시잖아요.

저는 오히려 점사를 한번 봐보고 싶어요.

그래요? 지금까지 점사를 안 본 이유가 있나요?

할 줄 몰라서요. 뭘 배워야 하니까. (웃음) 제 전공이 춤이어서 어렸을 때부터 공연을 해왔으니까 편안하게 할 수 있어서요. 신령님이 모든 능력을 다 주지는 않는 것 같아요. 어떤 것이 보일 때가 있지만 혼자서 속으로만 느끼고 말아요. 저의 무의식이 타인의 인생에 관여하기를 꺼리나 봐요. 아마도 매체에서 보여주는 점사의 부정적인 면이 무의식에 벽을 만드는 것 같아요. 편견에서 벗어나 선한 영향력을 나눌 준비가 되면 자연스럽게 점사를 볼 수 있지 않을까 생각해요.

보통 내림굿을 할 때 신령님이 점사를 보는 능력도 주신다고 본다. 투명하고 맑은 마음으로는 뭐든 훤히 보이니까 그 상태를 유지하며 정진하면 된다. 신점을 보는 방법은 간단하다. 특별히 뭘 배우지 않아도 된다. 화가가 흰 종이를 보다가 발견한 것을 따라 그리듯이, 구름에서 용이나 양의 모습을 찾아내고 의미를 부여하듯이 자신이 느낀 바를 표현하면 된다. 무당은 신령님의 뜻으로 다가오는 장면과 사건, 사람을 받아 안는다. 나는 솔무니가 점사를 잘 볼 수 있는 사려 깊은 무당이라고 느낀다.

점사를 보고 내면을 치유하는 무당은 동네 의원 같아요. 세상엔 정치인도 있고 다들 각자의 역할이 있잖아요. 어느 순간에는 모든 활동이 연계될 수 있다고 생각해요. 운동의 최전선에 다가가려는 열망도 좋긴 한데, 그것도 되게 추상적일 수 있죠.

《신령님이 보고 계셔》북토크하실 때 감명을 받았어요. 어떤 분이 책을 읽고 마음의 아픔과 슬픔을 털어놓을 때 다른 분들이 같이 울어주시더라고요. 모든 참여자의 마음이 큰 울림으로 변화하는 걸 봤어요. 이런 작업이 얼마나 중요하고 아름다운지 몰라요.

무당이 된 다음에 대동굿으로 연대하는 걸 정말 하고 싶었는데, 계속 점사만 보니까 갑갑했어요. 하지만 솔무니 님의 말씀을 들으니까 제가 나름대로 한 사람 한 사람의 신성을 보고 호명하면서 정화해왔고, 이 과정에서 저도 행복을 느낀 것 같아요. 감사해요.

저는 주로 죽은 사람을 위해서 공연하잖아요. 제가 영

혼을 만나 그들의 아픔 속으로 들어가서 사회의 모순이 뒤엉킨 에너지를 푼다면, 칼리 님은 살아 있는 사람의 마음을 직접 터치해주잖아요. 그게 정화고요. 저도 점사를 통해서 사람들의 치유를 도우려는 지향점이 있어요. 그래서 타로 카드나 심리학도 공부해보고 싶어요. 열망은 있으나 아직은 깜깜이라 못 하고 있지만요.

솔무니뿐 아니라 점사를 보지 않는 무당도 많다. 각자의 사연이 있겠지만, 그처럼 자신이 점사를 보지 못한다고 생각하는 사람은, 적절한 도구를 공부하면 도움이 된다. 내 신당의 책상에는 산통 가지★가 있다. 산통은 시각장애인 무당이 사용하는 점술 도구였고, 사회 전체의 길흉을 점칠 때도 사용한다. 솔무니에게 산통을 소개해주고 싶었다.

나중에 이 산통을 쓰셔도 좋겠어요. 주역★ 괘(卦)로 점사를 보는 도구인데, 주역이 무척 잘 맞으실 것 같아요.

　저 요즘 주역 공부하고 있는데.

그럼 산통으로 하시면 되겠네요!

　주역을 공부하면서 비슷한 도구를 하나 만들어야겠다 생각했어요. 아, 요즘 세상에 다 있구나.

네, 직접 무구를 만드셔도 좋지만, 쿠팡에서 팝니다. 방울도 쿠팡

"토템으로서의 신과
　창조주로서의 신 그리고
　무한한 우주로서의 신이
　모두 제 마음속에 있어요."

에 있어요. (웃음)

그러니까요. 좋은 세상이에요.

주역은 옛날부터 혁명가가 사용했던 점술이잖아요. 만인을 위하는 마음으로 점을 볼 때 정확하다고 하더라고요.

지혜가 밝아지면 점사를 보고 싶어요. 최근에는 새로 만든 박수무당 명함을 주니까 사람들이 자꾸 상담이 가능한지 물어봐서 몇 번 상담을 해줬어요. 되게 뿌듯하고 기분이 좋았어요. 그런데 손님이 미래를 궁금해하면 해줄 말이 없더라고요. 저는 미래를 보는 능력은 없거든요. 미래? 모르지. 내 삶도 한 치 앞을 모르는데. 미래는 모르겠고 뭐가 답답한지만 얘기해보라고 했죠. 그럼 내가 풀어줄 테니까.

답답한 거 풀어주는 게 무당의 역할이죠.

대부분 직장에서나 집에서나 인간관계가 꼬여서 답답해 죽겠다고 하더라고요. 그래서 수다 떨면서 이 얘기 저 얘기 하다 보면 풀리죠.

메모지에 '주역 산통'을 적어 솔무니에게 건넸다. 사람들이 자신의 내밀한 고민을 털어놓을 수 있게 해주고 이야기를 경청하는 것만으로도 좋은 점사 풀이다. 가만히 있어도 타인이 속내를 털어놓는 건 무당을 비롯한 영매의 공통된 특징이다. 힘든 사람, 억

울한 귀신은 자기 이야기를 들어줄 곳을 찾아 무당에게 온다.

혁명을 꿈꾸며 자연신령을 모시는 무당

《신령님이 보고 계셔》를 낸 후 독자의 반응을 보며 느낀 건데요, 사회문제에 관심을 갖는 무당이 특이해 보이나 봐요. 저는 오히려 그런 시선이 특이하다고 느껴요. 무당은 그럴 수밖에 없는 존재니까요. 만물에 신령이 깃들어 있으니 큰 것 작은 것 모두 지키려고 노력하게 되잖아요. 이와 같은 맥락에서 솔무니 님에게 혁명이란 무엇인지 궁금합니다.

결론부터 얘기하면 지금은 영적인 혁명, 의식 혁명이 가장 중요한 것 같아요. 우리는 계급 혁명도 해봤고 물질 혁명을 통해서 비약적인 성장을 이뤘잖아요. 인간이 못 만드는 건 거의 없지요. 인공 태양을 만드는 경지까지 왔으니까요. 갈수록 고도화되고 집약적인 힘을 갖게 될 텐데, 미래 사회의 변화에는 결국 영적인 진화가 뒤따라야 한다고 생각해요. 종교의 형태도 계속 발전해서 경계 없이 통합적이면서 평화로운 경지에 다다라야 한다고 봐요. 요즘 명상 관련 책이나 영성계 책을 보면 내가 곧 신성한 존재라는 사실을 깨달으라고 한목소리로 얘기하잖아요. 사회 시스템 자체를 개혁하는 것도 큰 파장이 있겠지만, 그걸 완성시키는 건 결국 영혼인 것 같아요.

운명이 결정되어 있다고 보는 시각에서 사회를 바꾼다는 발상은
옳지 않아 보인다. 나는 여성이자 가난한 지역민으로 여러 차별
을 겪으며 자랐다. 내가 온전히 존재하려면 차별에 저항할 수밖
에 없었다. 사회적인 고통에 순응하지 않고 내 삶의 서사를 적극
적으로 만들어가기 위해 대동굿에 나갔고, 무당이 되기로 결심
했다. 솔무니도 비슷한 과정을 겪었을 것이다. 저항과 연대는 무
당이 아닌, 정치인이나 운동가의 역할로 보일 수 있다. 하지만 모
진 바람에도 끝내 꽃피우는 자연처럼, 저항도 자연스럽다. 저항
하는 이들이 있기에 세상은 조화롭다. 그들 편에서 줄곧 목소리
를 내는 행위는 만물을 위한 기도의 연장선에 있다.

앞으로 하고 싶은 활동이 있으세요?
　　예술가이자 무당의 시각으로 에세이를 써보고 싶어요.
　　책을 내서 사회에 기여하고 싶은 욕망도 있고요. 제가
　　이제까지 해온 작업을 돌아보고 적립하는 기회가 될
　　것 같아요.

글 쓰는 무당 동료가 생겨 기쁘다. 사실 많은 무당이 이미 글을
쓰고 있다. 지금 눈앞에 보이지 않는 존재와 나누는 깊은 대화가
곧 글쓰기니까. 그래서 나는 기도하기 전에도, 점사를 보기 전에
도, 운세 영상을 촬영하거나 웹툰을 그리기 전에도 글을 쓴다. 글

은 건축물의 뼈대처럼 진심의 맥락을 잡아줘서 다른 작업의 기반이 된다. 정리된 글에 그림이든 음악이든 상담이든 형형색색의 옷을 입히면 메시지를 걸림 없이 전달할 수 있다. 그의 답변을 들으며 글 쓰는 무당 공동체를 상상했다.

솔무니 님에게 신 혹은 신령님이란 어떤 존재인가요?

간단하게 명명하자면 '근원적인 하나'인 것 같아요. 우주 전체가 곧 신이고, 신과 나의 연결성에 대한 자각이 신을 아는 거라고 생각해요.

마니산에 기도하러 갔을 때 만난 수많은 바위, 나무, 색색의 꽃이 신으로 다가왔어요. 그런 신을 만날 때 구체적인 쾌감이 있어요. 바위의 신성을 느끼면 상상을 통해서 바위신령과 드라마틱한 이야기를 주고받을 수 있고요. 토템으로서의 신과 창조주로서의 신 그리고 무한한 우주로서의 신이 모두 제 마음속에 있어요.

예전에 재마 스님의 워크숍 '기쁨의 세포를 춤추게 하라'에 참여했어요. 거기서 사무량심(四無量心)을 배웠고, 세상의 기쁨과 슬픔을 살펴보고 그것을 다시 공(空)의 자리로 환원하는 만트라*도 하고요. 기도할 때 이런 주문을 외우면 자연과의 교감도 더 잘되는 것 같아요.

재작년에 파주 38선 인근의 평화누리공원에서 〈구름〉이라는 작품(댄스 비디오)을 연출했어요. 우리는 땅에 철조망 쳐놓고 힘들게 살지만, 허공에 떠서 바람 따라 흐르는 구름처럼 평화롭게 살아가길 바라는 평화굿이었죠. 새로운 방식의 굿판, 평화의 춤을 또 한 번 기획하려고요.

유튜브 채널 '집의 함수'에 솔무니의 작업 영상이 있다. 사회운동과 문화운동을 하는 그는, 국가폭력의 희생자와 자연신령을 섬기고 그들의 품에서 춤추며 지내왔다. 한반도의 평화를 바라고 기후 위기로 사라지는 생명에 공명하는 마음은 작은 바위와 나무, 꽃을 사랑하고 섬기는 태도에서 비롯됐을 것이다. 마니산과 평화누리공원에서 솔무니와 평화의 대동굿을 여는 날이 기대된다.

트리스켈리온	세 개의 나선형이 회전하는 문양. 켈트족이 사용했다고 알려져 있다. 고대부터 오랫동안 여신을 상징했으며, 세계 각지에서 발견된다. 지리산 마고성에도 트리스켈리온이 있다. 왼쪽으로 회전하는 트리스켈리온은 탄생을, 오른쪽으로 회전하는 트리스켈리온은 부활을 의미한다. 만물이 모두 연결되어 있고 모든 상처는 회복된다는 걸 기억하게 해주는 부적이기도 하다.
마야 달력	고대 마야인이 사용한 달력이다. 나는 1년을 260일로 보는 '촐킨' 달력을 쓴다. 생년월일을 입력해 개개인의 영혼의 좌표를 볼 수 있다. 달력은 단순히 일정을 체크하는 네모 칸이 아니라, 매일매일 달라지는 날씨와 풍경을 담은 영혼의 지도다.
밝은춤	솔무니는 '예술과 명상 프로젝트'로 춤추고 명상하는 수업 '밝은춤'을 진행한다. "밝은춤은 빛의 에너지로서 존재하는 '나'의 본질을 찾고 삶의 순수한 가치를 춤으로 표현하고 명상하는 프로그램입니다. 춤과 명상을 통해 영혼의 자유를 체험하고자 하는 당신을 향해 열려 있습니다. 당신의 영혼을 춤추게 하세요."(수업 설명)
호구별성	천연두 같은 역병을 관장하는 신이다. 호구별성을 잘 모시면 역병과 피부병을 예방할 수 있다고 봤다.
풍물굿	풍물인 꽹과리·징·장구·북·소고 등을 연주하는 굿이다.
차크라	몸의 에너지 바퀴 일곱 개를 표현한 체계로, 인도의 전통적인 밀교 수행자가 사용했다. 바퀴 일곱 개로 표현하지만 실제로는 몸에서 무수한 차크라가 기능한다. 한 사

람에게 느껴지는 차크라의 색깔과 아우라로 영혼의 상
태를 진단하기도 한다.

박기순 열사 노동운동가. 전남대에서 학생운동을 하다 무기정학을
당한 후 광주에서 노동자 야간학교인 들불야학을 설립
했다.

들불야학 7인 광주의 노동·야학운동을 주도하다가 5·18민주화운동을
전후로 세상을 떠난 열사 일곱 명을 뜻한다. 광주 5·18
자유공원에 박기순·윤상원·신영일·박용준·김영철·박효
선·박관현 열사의 삶과 정신을 기리는 기념탑이 있다.

산통 가지 산통에 꽂아두는, 주역 괘가 새겨진 나뭇가지다. 산통 가
지 여덟 개에는 각각 주역 8괘 중 하나가 그려져 있다.
건(乾: ☰, 하늘), 태(兌: ☱, 연못), 감(坎: ☵, 물), 이(離: ☲,
불), 진(震: ☳, 번개), 손(巽: ☴, 바람), 간(艮: ☶, 산), 곤(坤:
☷, 땅)이 주역 8괘다. 산통에서 가지를 하나씩 두 번 뽑
아 두 개의 괘(상괘와 하괘)를 만들고 둘을 조합해 64괘
중 하나의 괘를 만든다.

주역 양(陽)과 음(陰)으로 된 기호로, 운명을 해석하고 공동체
의 길흉화복을 점치는 동양의 오래된 운명학이다.

만트라 진언. 소리 내서 기도하는 주문을 뜻한다. 솔무니는 사
무량심, 동학의 시천주(侍天主), 주기도문, 반야심경 등을
외운다고 했다. 그는 인터뷰 후 마음에 찾아온 만트라가
있다며, '생명주문(生命呪文, Mantra for Life)'을 나눠 주었
다. "하늘이 열리고 땅이 뭇 생명을 길러내어/ 만물이 어
울려 살아가네/ 오고 가는 세월 속에 모든 것이 변하오
나/ 다만 이 순간이 영원이로구나."

남의 인생을 제가
책임질 수 없다는 걸 알아요

다른 방식으로 세상을 느끼는 무당
송윤하

흔히 저승과 죽은 사람은 보이지 않고 이승과 산 사람은 보인다고 말한다. 송윤하 선생님은 보이지 않는 것과 보이는 것의 경계를 해체하며 만물과 교감하는 분이다. 전화로 인터뷰를 요청할 때 들은 선생님의 목소리는 방울 소리처럼 명랑했다. 시각장애가 있는 선생님이 남편과 함께 운영하는 천안의 안마센터에 찾아갔다. 선생님은 경기도 화성에 사는데, 대중교통을 타고 천안으로 출근한다. 센터로 들어가자 나무 책상에 앉아 있는 선생님이 보였다. 노란 불빛이 은은하게 퍼지는 공간에서 선생님은 웃으며 나를 맞이해주셨다. 나는 미리 준비한 칼림바를 선생님에게 선물로 드렸다. 칼림바는 아프리카의 라멜로폰을 본떠 만든 악기로, 엄지손가락으로 작은 건반을 튕겨서 소리를 내기에 엄지피아노라고도 부른다. 선생님은 목소리에도 흥이 느껴지니 연주와 노래를 좋아하실 것 같았다.

활동명이나 직업상으로 쓰는 이름이 따로 있으세요?

　　법적 이름은 송삼례인데 최근에 아는 보살님이 이제부터 다시 살라고 해서 송윤하라는 이름을 받았어요. 직업으로 사람의 몸을 만지다 보니까 깨달았는데, 마음이 아프면 그게 몸에 드러나더라고요. 마음의 집을 다 허물고 새로 지으려고 '마음지음연구소'라는 기관명을 하나 만들어놓았어요. 그래서 나중에는 마음지음연구소장 송윤하, 이렇게 불리고 싶은 바람이 있네요.

"그 사람에 대한 기도가 떠올라요."
　　　　　　　　　　　　　　　　　　　　

선생님이 하시는 일을 설명해주세요.

　　안마를 주업으로 해요. 부업으로는 여러 방편을 활용해서 남의 인생에 관여하는 일을, 특수학교에 입학한 아홉 살 때부터 현재까지 하고 있어요. 하지만 방바닥에 있는 먼지도 제대로 다 쓸어낼 수 없으니까, 남의 인생을 제가 책임질 수는 없다는 걸 알아요.

　　선생님은 무당으로서 상담하거나 치유하는 행위를 "남의 인생에 관여하는 일"이라고 표현했다.

　　할 일도 없고 교과서 외에는 읽을거리가 성경밖에 없

어서 손으로 스무 번 이상 성경을 완독했어요. 그걸 읽
으면서 왜 자기가 잘못해놓고 짐승을 대신 바치지? 왜
자기 때문에 고통받은 당사자한테 사과하지 않고 저
위에다가 용서를 구해야 하지? 사랑한다면서 어른이
라면서 왜 사람을 죽이지? 같은 의문이 끊임없이 생겼
어요. 지금은 휴먼 디자인,★ 유전자 키,★ 주역, 차크라,
카발라,★ 점성학 등 온갖 걸 다 머릿속에 뒤죽박죽 쌓
아놔서 필요하면 입 밖으로 나와요.

**반가웠다. 나 역시 마야 달력과 만세력,★ 주역, 차크라, 카발라,
수비학★을 명상한다. 모두 영감을 주는 영혼의 지도다.**

여러 방편으로 상담한다고 하셨는데, 점사를 어떻게 보시는지 구
체적으로 이야기해주세요.

　　앞으로 만날 사람을 미리 생각하면, 그 사람에 대한 기
도가 떠올라요. 인터뷰 전에 홍칼리 님을 계속 생각했
고 유튜브 영상도 두세 개 찾아서 들어봤어요. 오늘 아
침에 갑자기 태을주★라는 진언이 떠오르더라고요. 아,
이분은 태을주와 연관이 있구나, 그런 느낌을 받았어
요. 어떤 경우에는 성경의 한 구절이 떠오르고 어떤 경
우에는 불경의 한 구절이 떠올라요. 다양한 것들이 그
때그때 떠오르니까 되게 신기해요. 사람을 만날 때 특
정한 냄새를 맡기도 해요. 술 냄새, 전 냄새가 나면 제

사가 필요하구나 느껴요.

모든 종교의 진언을 좋아하는 나는 증산교의 태을주에도 관심이
있다. 천주교·개신교·불교·힌두교·도교·증산교·신천지·창가학회
신도도 상담하러 온다. 힌두교 신자가 오면 힌두교의 진언으로
영혼의 좌표를 설명해드리고, 증산교 신자가 오면 태을주 이야기
를 하며 점사를 해석해드리는 식이다. 종교의 이름만 다르지, 모
두 신실하게 영성생활을 한다.

이런 교감을 '동시성'이라고도 부르잖아요. 저도 동시성으로 점을
봐요. 무당을 인터뷰하러 가는 길에 태을주 진언과 《태을금화종
지》★를 종종 듣는데, 마음이 금방 맑아지더라고요. 덕분에 오늘
도 인터뷰 장소에 기분 좋게 왔고, 선생님을 직접 뵈니 마음이 더
맑아지네요.

오늘 아침에 영혼의 더러움과 관련한 페이스북 글을
읽었는데, 마음이 맑아진다고 하시니까 갑자기 제 영
혼이 결코 더럽지 않구나 싶어요.

"나하고 있는 잠시간이라도 이 사람이
안 아팠으면 좋겠다."

지인이 선생님을 치유자로서 행보하는 분이라고 소개했어요. 지

금까지 어떤 삶을 사셨는지 궁금해요.

1980년도에 전학한 학교에서 선생님을 보조해서 친구
들을 도왔어요, 한 10년 정도. 기숙사에서도 그랬고요.
교육자로 키워진 거죠. 그러다 뜻하지 않은 사고로 손
목이 끊어져서 후유증 때문에 재활치료를 오래 받았어
요. 그런 과정을 겪으면서도 계속 보조교사 역할을 할
수밖에 없었고요. 그런데 방학에 집에 가면 어린아이
였어요. 학교는 오래 지내서 익숙한 공간인데, 집에서
는 도움을 받는, 도움을 받아야 하는 사람이 됐죠. 지금
도 재활치료를 받아요. 여전히 불편해요. 8년 동안 하
루에 여덟 시간씩 재활을 하면서 직업교육은 제대로
받지를 못했어요.

아홉 살 때부터 상담을 하셨죠?

네, 특수학교에 다닐 때부터 시각장애인 어른들의 눈
이 되어 살았어요. 연애편지 전달하는 일을 포함해서
온갖 걸 다 했죠. 아기들에게 점자도 가르치고, 빨래하
고 목욕하는 법도 알려주고요. 그런 경험이 제가 지금
서 있는 반석이 되지 않았나 싶어요. 아무튼 지금까지
쭉 돌보는 일을 하고 있죠.

안마 일은 1989년 7월 16일에 시작했는데, 그날은
비가 진짜 너무 많이 왔어요. 지하 차도가 막혀서 차가
대전 밖으로 못 나갈 정도로. 하여튼 서울 가는 고속도

"안마를 해야겠다고
마음먹은 적이 없어요.
하지만 주어진 삶을
포기할 수도 없었지요."

로에서 울기도 많이 울었는데, 눈물보다 비가 훨씬 더 많이 오더라고요. 처음에는 안마 일을 좋아하지 않았어요. 그래도 그것밖에는 할 수 있는 일이 없었거든요. 선택의 여지가 없었어요. 대학에 가서 선생님을 하거나 목사님을 하거나 사회복지사를 하거나 음악을 하지 않는 한, 친구들 대부분이 안마를 할 수밖에 없었어요. 지금도 유보 직종이라고 해서 안마사 딱 한 가지만 있어요. 안마사로 일하면서 오히려 제 몸이 많이 망가졌고요. 저는 정말 안마를 해야겠다고 마음먹은 적이 없어요. 하지만 주어진 삶을 포기할 수도 없었죠.

옛날에는 시각장애인 무당이 주역 산통으로 점을 보며 마을공동체에서 함께 살았다고 한다. 하지만 지금은 안마사를 제외하고 시각장애인이 선택할 수 있는 직업이 많지 않다. 선생님은 손목을 쓰기가 어려워서 안마 일이 더 힘들었을 것 같다. 그런 상황에서 무속신앙과 운명학은 선생님에게 어떤 의미였고, 무당은 어떤 직업으로 다가왔을까.

안마 일을 하시다가 휴먼 디자인이나 주역 같은 운명학이 필요하다고 느끼셨나요?

처음에는 안마를 교과서대로 하다 보니, 40분에 끝내야 하는데 120분이나 걸려서 몹시 어려웠어요. 어느 순간 그런 마음이 들더라고요. 이 사람이 내게 온 까닭이 분명히 있을 거야, 그 까닭이 뭘까, 나하고 있는 잠시간이라도 이 사람이 깨끗해지면, 맑아지면 좋겠다, 안 아팠으면 좋겠다. 그때부터 어떻게 하면 손님이 맑아질지 고민했어요. 해부생리학, 타이 마사지, 두개천골요법, 아로마테라피, 피부 관리 등 온갖 공부를 하기 시작했어요. 그런데 몸을 만지는 것만으로는 안 되겠다 싶었어요. 동양의학에 오운육기(五運六氣),★ 음양오행 사상이 있잖아요. 이 사람의 어느 기운이 세면 어느 기운을 어떻게 줄여줄지를 마음속으로 그렸고, 다양한 종교의 경전을 계속 공부했어요.

선생님의 손길과 설명으로 손님들이 종합적인 치유를 느꼈을 것 같아요.

"책 읽는 게 시작이고 끝이에요."

선생님의 일과가 궁금합니다.

　　매일 조금씩 다른데, 아침에 일찍 스케줄이 있으면 9시부터 가게를 열어요. 그럼 6시쯤 일어나서 기도해요. 저희 집 창문이 동쪽에 있으니까 해를 받아서 몸에 다시 모신 다음, 씻고 나오면 바빠져요. 오전에 일이 없을 때는 남편만 출근하고 저는 계속해서 기도해요. 천수경(千手經)*이나 천부경(天符經)*을 외우고 그때그때 기분에 따라서 아무 책이나 읽어요. 하루가 끝날 때도 책을 읽어요. 낮에는 동네 친구네 집에 가서 사람들 인생에 관여할 때도 있죠. 만두피도 밀고, 중학생 친구와 상담도 하고, 할머니 넋두리도 들어주고, 미용실 사장님이랑 수다도 떨고, 친구들 만나서 커피도 마시고, 그렇게 지내요. 남편과 같이 저녁 먹을 때도 있고, 남편 일이 너무 늦게 끝나면 혼자 먹을 때도 있고요. 오늘 인터뷰 후에 제가 어떻게 노는지 보여드릴게요, 시간을 내주시면.

네, 좋습니다!

저는 집안 살림은 전혀 안 해요. 할 수가 없어요, 손목이 약해서 살림하면 맨날 다치기 때문에. 다치면 안마를 못 하니까요. 살림은 돈이 안 되잖아요. (웃음)

돈이 되는 일은 아니죠, 누가 월급은 안 주니까.

살림은 남편이 대부분 다 해주세요. 그야말로 식사 준비와 설거지부터 청소까지. 저는 가끔 페이스북에 들어가서 사람들이 넋두리 써놓은 글도 듣고 댓글도 달아요. 저번 주말에는 한울림 합창단에서 우랄 알타이 축제를 한다길래 거기에 끼어들어서 사람들과 즐겁게 교류했어요. 매주 인왕산이나 옥천암의 보도각과 산신

각에서 기도하는데, 곧 김해로 이사 가면 이제 그러기
어려울 것 같아요.

김해로 이사를 가신다고요?

네, 김해의 가야불교문화원 건물 1층에 두드림안마센
터와 거처를 마련했어요. 명산대천을 다 찾아다닐 수
없는 형편 때문에 내림굿을 받길 거부했었는데, 이번
에 부처님과 보살님의 그림이 그려진 건물로 들어가
요. 그분들의 몸속에 살게 되었으니 핑곗거리가 사라
졌지요. 불보살님의 가피 속에서 무당의 삶이 펼쳐지
려나 봐요. 그 삶에 기꺼이 뛰어들어야죠.

　　　요즘에는, 제 친구가 고안한 기법인데, 잠들기 전
에 나는 지금 죽는다, 난 죽음을 환영하고 죽음을 인정
하고 죽음을 기꺼이 받아들이겠다, 가난·비참함·슬픔·
외로움·고통을 내가 모두 데리고 죽겠다, 라고 엉터리
같은 기도를 하고 자요. 아침에 깨서는 나는 지금 다시
태어났어, 전생을 기억하고 있어서 너무 감사해, 나 정
말 잘했네? 하면서 일어나요.

우와, 죽음처럼 푹 자고 아침에 일어나면 모든 게 새롭겠어요.

분명 어젯밤에 내가 잠든 공간이지만, 아침에 전혀 다
른 공간에 있는 느낌이 들어요. 보통 기도하고 책 읽고
사람 만나고 다시 책 읽고. 제 일과는 거의 책 읽는 게

시작이고 끝이에요.

선생님은 판타지소설을 주로 읽고 좋아한다고 했다. 인생 책을
추천해달라는 요청에, 선생님은 《해리포터》라고 대답했다. 나
도 쉬는 시간에 판타지영화나 SF영화, 드라마 시리즈를 본다. 정
화가 되기 때문이다. 옛날에는 여성이 소설을 읽으면 더욱 비이
성적으로 변하며 공상에 빠지게 된다고 봤다. 지금 무당이 세상
과 교감하는 방식을 두고 미신이라고 하듯, 소설도 비슷한 취급
을 받았다. 인간의 자본주의 사회에서 살다 보면 시야가 좁아지
기 쉽다. 무엇이든 소유의 관점으로 바라보면서 내 것과 네 것을
나누고 내 정체성을 지키는 데만 집중하므로, 하늘의 뜻과 땅의
소리를 듣지 못해서다. 판타지·SF 장르는 나와 타자를 분리하는
세계관에서 벗어나게 해준다. 무당이 정기적으로 바다로 산으
로 기도하러 가듯이, 선생님은 판타지소설을 통해 모든 시공간의
만물과 교감하는 것 아닐까?

음양오행에 입각해서 우주를 설명하는 《우주 변화의
원리》(대원기획출판, 2001)도 읽어요. 주역도 가끔 읽고.
(점자정보)단말기에 책이 잔뜩 들어 있어요. 만 권 정
도? 책 제목을 쭉 훑어보다가 그날그날 필요한 책을 골
라 읽어요. 문자 중독자라서 그런지 언젠가부터 여러
책 중에서 저에게 꼭 필요한 책을 찾아내는 능력이 생
겼더라고요. 제목을 읽다가 어, 이거? 하면서 툭 찍어

서 읽으면, 지금 저의 상황에 딱 맞는 내용이 나오니까 신기해요.

선생님은 책 이야기를 하며 생동감 넘치는 표정을 지었다. 나도 책을 고를 때 눈을 감고 선택하거나, 타로 카드를 고르듯 책의 아무 페이지를 펼쳐서 읽곤 한다. 그러면 지금을 밝혀주는 메시지가 책에서 나와 신기하다. 책은 선생님에게 오래된 길벗이자 기도터가 아닐까.

"장애 유무와는 관련이 없어요."

선생님은 빛은 느낄 수 있는데, 사물의 높낮이를 가늠할 수 없다고 했다. 인터뷰 중간중간 선생님은 휴대폰을 눈에 아주 가까이 대고, 화면에 크게 표시된 시간을 보았다.

　　나는 시각적 자극에 예민해서 밝은 곳에서 사람을 만나면 집중력이 흐트러져 대화의 맥락을 놓칠 때가 있다. 하지만 선생님과 대화할 때는 명상을 하듯 교감에 집중할 수 있었다. 평소와 다른 채널로 소통하는 느낌이랄까. 손님들도 선생님과 편안하게 교감하며 정화하고 돌아갈 것 같다.

상담하느라 지치면 기운을 어떻게 충전하세요?

　　기운이 소진될 때는 내가 무언가를 바꾸려고 했구나,

"어떤 손님이든
그 사람의 핵심을 찔렀을 때
몸이 긴장하는 걸 보면서
쾌감을 느끼죠."

내가 무언가를 기대했구나 생각해요. 방에 들어가 명상하면서 마음을 돌아봐요. 욕심이 너무 많았네, 라면서 성찰하고요. 손님 인생에 개입했다가 실패했을 때는 이렇게 생각하면서 버텨요. 그래, 에디슨도 백열전구 발명할 때 999번을 실패하고 1000번째에 성공했다는데, 나도 999명에게 내 조언이 안 먹혀도 한 명에게만 먹히면 되지 뭐.

상담할 때 손님을 진심으로 사랑하려는 마음이 있으면, 손님에게 공명하면서 기운이 맑아지는 것 같아요. 선생님 말씀처럼 욕심을 부려서 내 기운을 준다는 느낌이 강해지면 쉽게 지치고요.

손님의 장애 유무에 따라 점사를 보는 방식이나 풀이가 달라지나요?

깊이 들어가면 물질적인 풍요와 풍요롭지 못함은 아무 의미가 없어요. 시각장애와 청각장애는 겉으로 드러나고, 지적장애도 드러난다고 할 수 있잖아요. 여기가 법조 타운이니까 엄청 잘나가는 변호사·검사·판사들이 많은데, 자기가 멀쩡하다고 생각하는 분들을 상담할 때 훨씬 힘들어요. 몸을 만져서 치유하든, 대화를 통해서 치유하든, 마음의 방이 많아서 건드릴 곳이 많아요. 장애 유무와는, 특히 보이는 장애 유무와는 관련이 없어요, 전혀. 어떤 손님이든 그 사람의 핵심을 찔렀을 때 몸이 긴장하는 걸 보면서 쾌감을 느끼죠.

혈자리에 침을 놓는 것처럼요.

사악해. 얼굴 뜨거워져. 사악해.

얼굴이 발그레해진 선생님이 고개를 숙이며 웃었다.

무당과 안마사의 도구

안마사와 무속인이라는 직업의 공통점과 차이점은 무엇일까요?

공통점은 사람을 대한다는 거죠. 차이점은 내가 손이라는 도구를 사용하느냐, 아니면 (가슴 쪽을 가리키며) 얘를 사용하느냐 그 차이예요. 어떤 도구를 쓸지, 지혜·현명함·통찰력·예지력을 어떻게 종합적으로 제대로 올바로 쓸지 항상 고민해요.

도구 하니까 갑자기 생각났는데, 최근에 어떤 분이 가게 문을 닫고 건물을 팔고 싶다고 하시더라고요. 옛날에 시각장애인 지팡이를 집 앞에 거꾸로 세워놓으면 집이 팔린다는 속설이 있었어요. 실제로 그렇게 몇 번 해봤는데 효과가 있더라고요. 옛날에는 지팡이를 도둑질해서 갖다 놓으라고 그랬죠. 이제는 그러면 안 되니까 새 지팡이를 사서 바꿔치기해, 새거니까 그 사람한테 더 좋을 거야, 그 사람이 좋아야 네가 좋아지는 거야, 이렇게 얘기해줘요.

지속적인 정성과 교감이 들어간 사물에는 다양한 영체(靈體)*가 깃든다. 시각장애인이 사용하는 지팡이는 그 사람과 한 몸이 될 만큼 많은 기운이 집중되는 사물이며, 이곳저곳을 안전하게 다닐 수 있는 다리이자 눈이다. 그런 물건을 뒤집어 집 앞에 두었으니, 땅 정령과 그 집에 사는 사람들의 기운이 한데 모였을 것이다.

만물과 교감하는 무당

무당이 어떤 존재라고 생각하세요?

중은 자기 머리 자기가 못 깎는다는 말이 있잖아요. 내 문제를 내가 잘 해결하지 못할 때, 삶에서 어떤 선택을 해야 할지 고민이 되고 헤맬 때가 있잖아요. 예를 들면 어떤 섭외가 들어왔어. 그런데 이걸 내가 해야 하나, 말아야 하나? 어떤 목적으로 해야 하나? 누구의 이익을 위해서 해야 하나? 갈등이 생기곤 하잖아요. 그때 무당에게 가서 올바른 선택이 뭔지 물을 수 있죠. 예전에 어른들은 자기한테 좋은 선택이 뭐냐고 묻지 않았어요. 바른 선택이 뭔지 물었어요. 그걸 안내해주는 게 중요하다고 생각해요.

선생님은 바른 마음을 강조했다. 매일 정성을 들여 그 마음을 유지하려고 수행한다고. 만물에 깃든 신령님에게 기도하며 스스로를 정화하고, 사람들이 모두에게 이로운 선택을 하도록 돕는 것이 무당이라고 생각하셨다.

선생님은 시각이 아닌 다른 감각으로도 세상을 느끼는데, 소위 영적인 감각을 느끼는 방식도 다를 것 같아요. 어떤 방식으로 신명과 교감하는지 알려주세요.

다섯 살 무렵에 처음 신명 에너지를 알게 됐어요. 어느 날 저녁이었고 춥지는 않았어요. 집 안 뜨락에 앉아 있는데, 갑자기 뭐가 휙 지나갔어요. 소리가 난 게 아니라 그냥 휙.

바람처럼요?

네, 어, 저거 누군가의 영혼이다, 이런 생각이 들었어요. 아빠한테 아빠, 지금 영혼이 지나갔어요, 그랬더니 아빠가 그래, 이러셨어요. 다음 날 동네에서 초상이 났는데, 어떤 어르신이 돌아가셨더라고요. 시간이 지나고 나이를 먹으니까, 그 어른이 마을에서 중요한 역할을 했구나 싶어요. 그분이 가시면서 저한테 나 간다, 예쁜 아이 잘 있어, 이렇게 말한 느낌이에요. 그때부터 엄마가 심부름을 시켰어요. 우리 집 뒷산에 밭이 있었어요. 엄마가 뭘 가져오라고 하면 밭에 가서 그걸 따와야 했는데, 그게 어딨는지 모르니까 이름을 막 부르고 다녔어요. 고추야, 어디 있니? 호박아, 어디 있니? 그러면 다 찾을 수 있었어요. 일종의 교감이에요. 그냥 거기 있더라고요. 설명이 안 돼요. 소음이 많은 도시에서는 교감하기 어려워요. 하지만 그때는 개구리·조개·개·닭·소 같은 친구들과 이야기할 수 있었어요.

"울면서 하는 것보다 웃으면서 하는 게 낫지 않을까."

자신에게 잘 맞는 무당이나 다른 종교인, 상담사를 찾는 방법이 있을까요?

내가 힘들고 어려울 때 상담하러 가는 건 매우 지혜로운 방법이라고 생각해요. 목사님을 찾아가든 신부님을 찾아가든 그건 개인의 선택이고요.

길을 걷다가 무당 깃발이 눈에 띄면 내가 여기에 들어가서 상담을 받고 내 미래를 준비할 때구나 여겨요. 강남의 유명한 정신과 상담사 찾아가고 지리산의 유명한 스님 찾아가는 게 아니라, 그냥 우연에 맡기면 돼요. 명동에서 쇼핑하다가 어머, 타로 집이 보이네, 내가 오늘 저기 가서 뭔가 물어볼 게 있나? 생각하는 거예요. 거리를 걸어가다가 커피 냄새가 나서 카페에 들어가는 마음으로 작은 문제를 그때그때 해결하다 보면, 커다란 문제를 맞닥뜨렸을 때 기꺼이 내받을 수 있지 않을까요?

내가 학교에 안 갔으면 공부를 안 했을 것이고, 학교를 졸업하지 않았으면 힘든 일을 하지 않았을 것이고, 열심히 청소를 안 했으면 손목을 다칠 일도 없었겠지만, 오늘의 나는 없지 않겠어요? 오늘의 내가 있으려면 뭔가를 할 수밖에 없을 텐데, 울면서 하는 것보다 웃으면서 하는 게 낫지 않을까.

인터뷰 후 선생님이 자주 가는 근처 식당에서 두부전골을 먹으며, '2022 서울동물권행진'과 '동물위령제' 이야기를 나눴다. 선생님은 위령제 굿상에 올라가는 음식은 기운이 좋을 거라며, 행진에 참여한 사람들이 음식을 가져갈 수 있도록 안내하면 좋겠다고 힘주어 말했다. 밥을 먹고 호수공원에 가는 길, 선생님의 목소리가 시시각각 바뀌었다. 커피를 마시며 맛있다고 말할 때는 동자 목소리, 아름다운 풍경을 이야기할 때는 선녀 목소리, 답답했던 일을 털어놓을 때는 장군 목소리가 나왔다. 선생님은 "동자와 선녀가 이렇게 온다니까!" 하며 웃었고 나도 따라 웃었다. 무당에게 친숙한 유머다. 달콤한 음식을 마구 먹을 때 동자님이 오셨다고 표현하곤 한다. 우리는 공원 주차장에서 바람을 맞으며 함께 담배를 태웠다. 바람에 호수의 물결이 우리 쪽으로 일렁였다. 물결이 참 예쁘다고 말했더니, 선생님은 호수가 보이지 않아도 아름다움을 예상한 듯 흐뭇하게 미소 지으며 연기를 뱉었다.

3일 뒤에 선생님을 다시 만났다. 퀴어 무당이 나오는 연극 〈술래〉(2022)에 초대받았는데, 시각장애인 음성 해설이 지원된다는 안내문을 보고 선생님이 생각났다. 마침 선생님과 인왕사에 자시기도[★]를 하러 가기로 약속한 날에 연극이 열렸다. 선생님은 흔쾌히 좋다고 하셨다. 연극을 보러 연세대학교 학생회관에 가면서 선생님이 말했다. "사람을 믿다가 계속 다쳤어요. 그런데 저는 사람을 믿어야 해요. 못 믿으면 집 밖으로 한 발자국도 나갈 수가 없어요." 나는 선생님 옆에 서서 계단이 언제 시작되고 끝나는지 알려주며 같은 보폭으로 걸었다.

무대에는 성별정체성을 고민하고 비건을 지향하며 정상성에 질문을 던지는 사람들이 나왔다. 선생님은 퀴어와 비건이 무엇인지 몰라도 그들의 고민을 집중해서 들었다. 연극에서 한 사람이 퀴어 무당 제이에게 물었다. "보이지 않는 것을 믿는 건 어떤 느낌인가요?" 그때 선생님이 내 귀에 대고 속삭였다. "히히. 별거 없는데."

선생님을 친구 집에 모셔다드리고 귀가하는 내내 멀미하다가 구토했다. 큰굿이나 공연을 한 후 토하곤 한다. 나를 비운 자리에 큰 신명이 들어오는 신호다. 나를 압도하는 거대한 고통이 한바탕 지나갈 때 나는 광활한 자연이 된다. 그때 선생님이 어떤 세상을 살아가는지 어렴풋이 상상했다. 내가 만난 선생님의 세상은 자연신령처럼 드넓고 다감했다.

★

휴먼 디자인	점성학·역경(易經)·차크라·카발라를 융합한 운명학으로, 라 우루 후(Ra Uru Hu)가 창시했다. 만세력(사주팔자)처럼 한 사람이 태어난 때를 입력해 운명을 해석하고 영적 각성을 돕는다.
유전자 키	유전자 코드와 주역 64괘를 합친 운명학이다. 리처드 러드(Richard Rudd)가 창시했다. 휴먼 디자인처럼 태어난 때를 입력해 운명을 해석할 수 있다.
카발라	유대교 신비주의 사상 체계다. '생명의 나무'로 한 사람의 영적 여정과 신비로운 세상의 이치를 담는다.
만세력	열 개의 음양오행(갑·을·병·정·무·기·경·신·임·계)과 십이지신(쥐·소·호랑이·토끼·용·뱀·말·양·원숭이·닭·개·돼지)을 연월일시에 대입한 달력이다. 다른 달력과 마찬가지로 태어난 때를 입력해 운명을 해석할 수 있다. 열 개의 천간(天干)은 광물, 식물, 태양과 달의 신령을 뜻하고, 열두 개의 지지(地支)는 비인간 동물 신령을 뜻한다.
수비학	특정 숫자의 배열과 의미를 연구하는 학문이다. 수비학 체계는 문화와 종교마다 양상은 다르지만 보편적으로 나타난다. 나는 시계, 달력, 지나가는 자동차의 번호판 등을 보고 눈에 띄는 숫자로 점을 본다. 1부터 9까지 각 숫자의 의미를 명상하는데, 1은 심장, 2는 우정, 3은 창조, 4는 신뢰, 5는 중심, 6은 평등, 7은 공명, 8은 의리, 9는 자유의지, 10은 다시 심장이다. 전화번호와 생일, 나이 등의 숫자만으로 신점을 보는 무당도 많다.
태을주	증산교에서 사용하는 진언이다. '훔치 훔치 태을천상원

군 훔리치야도래 훔리함리 사바하'라는 글자 스물세 개로 이루어져 있다.

태을금화종지   중국에서 오랫동안 전해 내려온 도교 수행법이 기록된 책으로, 유교와 불교의 수행법도 녹아 있다. 서양에서는 《황금꽃의 비밀》(문학동네, 2014)로 알려져 있다.

오운육기   음양오행과 지구의 여섯 기운(풍風·한寒·서暑·습濕·조燥·화火)을 뜻한다. 기후변화와 질병의 상관관계를 보여주므로 한의학의 진단과 치료에도 사용한다.

천수경   사람들이 흔히 아는 '수리수리 마하수리 수수리 사바하' '옴 마니 반메 훔' 진언이 실린, 자비로운 관세음보살님의 설법을 담은 경전이다.

천부경   여든한 자로 된 대종교의 경전이다. '일'로 시작해 '일'로 끝나며 마방진의 수학 체계를 담고 있다. 많은 한국 무당이 기도할 때 천부경을 외운다. 나 역시 계룡산에서 신내림을 받을 때 처음 외운 주문이 천부경이었다.

영체   신령스러운 몸, 신을 의미한다. 사실 생명이 없거나 죽은 것처럼 보이는 사물도 모두 영체다.

자시기도   자시는 밤 11시 30분부터 새벽 1시 30분까지(밤 11시에서 새벽 1시까지로 보기도 한다)로, 만세력을 기준으로 하루가 시작되는 때를 뜻한다. 음기가 강한 늦은 밤에 기도드리는 정성에 신령님과 접신하기 좋은 때라고 알려져 있다. 많은 무당이 초하루에 자시기도를 한다. 매일 자시기도를 하는 무당도 있고, 안 하는 무당도 있다. 나는 특별한 기도일(교회 예배일인 일요일·불교의 재일·마야 달력의 채널의 날·만세력의 간여지동의 날)에, 혹은 요청이 있을 때 자시기도를 한다. 많은 사람이 동시에 기도하는 시간에는 그들의 에너지에 공명할 수 있어서 집중이 잘 된다.

다 같이 행복해야
내가 비로소 행복해지더라고요

무당의 자활을 돕는 현대 무당
가피

가피는 노래하는 사람이고, 은퇴한 무당이자 은퇴한 스님이다. 어머니인 나비 선생님과 사회적기업 '신밧드(신을 받드는 사람들)의 모험'을 6년째 운영하고 있다. 무당의 자활을 도우면서 유튜브 채널 '행운 멘토 나비쌤'에서 기도와 운세 영상을 공유하고, 사람들이 자기 안의 신을 깨닫고 믿을 수 있도록 상담과 교육을 진행한다. 나는 기독교 집안에서 자랐지만, 가피는 어렸을 때부터 무속신앙의 문화를 많이 접하면서 살아왔다. 나비 선생님도 무당이고 나비 선생님의 어머니도 무당이었다. 그는 나와 함께 수행하는 도반, 영혼의 친구 그리고 스승이다.

가피는 예측 불가능한 삶을 살면서, 존재만으로 나에게 무엇이든 저지를 용기를 준다. 내림굿을 하고 그를 만났을 때였다. 그는 마침내 내가 무당이 되었다는 얘기를 듣고 웃으며 말했다. "언니의 여정이 너무 재밌어요. 스님이 되려고 했는데 인도에서 춤추다가 갑자기 무당이 됐다니. 크크." 무당이 됐다는 고백에 으레 무거운 사연을 상상하며 조심스러워하는 사람들과 달리, 가피는 대수롭지 않게 반응했다. 자신의 영향으로 내가 재밌고 이상하게 산다는 걸 그는 알까?

《신령님이 보고 계셔》 출간 후 한 언론에서 나를 'MZ세대 무당'이라고 표현했지만, 내 생각에 진정한 MZ세대 무당은 가피다. 그가 휴대폰으로 영상을 쉽게 편집하는 방법을 알려준 덕분에, 나도 유튜브에 여러 영상을 올리며 채널을 운영할 수 있었다. "영상? 그냥 하면 돼요." 그는 누구나 뭐든 할 수 있다는 걸 강조한다. "노래? 그냥 하면 돼요. 그림? 그냥 그리면 돼요. 글? 쓰면 돼요"라고 가볍게 말하면서도 반짝이는 창작물을 만들어내는 그를 보며 매번 감탄한다.

보라색 호피 무늬 안경과 눈썹 피어싱, 색색의 옷을 센스 있게 소화하고, 노래방에서는 심수봉의 〈백만 송이 장미〉를 부르며, 영혼의 울림을 노래로 만들어 불러주는 가피. 그는 미역과 버섯처럼 미끌미끌한 음식은 먹지 않고, 설거지할 때는 앞치마를 물로 흠뻑 적신다. 세상살이와 죽음, 귀신은 무서워하지 않는데 사마귀는 무서워하는 가피는, 전직 무당이 아니라 멋진 외계인 같다.

바람과 신의 숨결이 가득한 제주에서 가피를 만났다. 그는 제주에서 여행하고 있었다. 우리는 금백조신이 있는 송당마을로 함께 기도하러 갔다. 금백조신은 육류를 바치는 걸 원하지 않는 채식주의 신이다. 가을이 시작되어 바람이 차가웠지만 햇살은 따뜻했다. 기도하고 숙소로 돌아오는 길에 인절미 빵과 커피를 샀다. 바다가 보이는 발코니에 앉아 빵을 먹고 방으로 들어왔다. 우리는 하얀 침대에 마주 앉아 본격적으로 대화를 나눴다.

아침에 일어나 가장 먼저 무엇을 하나요?

일출을 좋아해서 매일 아침 황금빛 태양을 보며 명상해요. 바로 이어서 퉁퉁 부은 눈으로 '소원 일기'와 '모닝페이지'를 써요. 글을 많이 적어서 이틀 만에 펜 하나를 다 쓸 정도예요. 좀 극성이죠? 힘들긴 한데 글을 한두 시간 쓰면 하루가 참 단단해져요.

자기 전에는 어떤 일을 꼭 하세요?

저녁에는 '감사 일기'를 쓰며 온 우주에게 기도해요. "부처님, 하느님, 예수님, 참나, 신성이시여, 오늘도 지구에 내려온 아바타로서 하루를 재밌고 평온하게 보낼 수 있게 도와주셔서 감사합니다." 그리고 사랑하는 김사월 님 노래를 들으며 잠들어요. 밤에 잠들고 아침에 일어나는 순간이 언제나 신기하고 감사해요. 지구에서 숨 쉬고 있다는 사실이요.

가피는 인간으로 태어난 자신의 모습을 '아바타'라고, 자신이 선택한 삶의 역할극을 '아바타를 수행한다'라고 표현했다.

아무것도 아니지만 모든 것을 하는 사람

가피 님은 무속의 세계에 익숙한 어린 시절을 보냈죠. 어머니와 외

할머니도 무당이었고요. 이런 가정환경을 어떻게 느꼈나요?

증조할머니도 사람들이 찾아오면 상담해주고, 운명을
봐주고, 엽전 점을 쳤다고 해요. 4대째인 저는 보이지
않는 에너지가 어떻게 작용했을까 고민하게 됐어요.
무당이 도대체 어떤 존재일까, 같은 근본적인 질문도
했고요. 제가 굿하면서 느낀 건 '정말 이 세계가 있구
나'가 아니라 '내가 믿는 것이 현실이 되는구나'였어요.

**몇 년 전, 가피의 내림굿을 보러 갔다. 반나절 동안 진행된 내림굿
을 마친 그는 홀가분해 보였다. 무당이 보통 가는 길을 가지 않고
마음대로 살아갈 것 같았다. 그가 웃으며 대답을 이어갔다.**

예전에는 귀신은 있을까, 부처님은 있을까, 삶은 뭐고
죽음은 뭘까 같은 일차원적인 궁금증이 있었는데, 지
금은 내가 있다고 믿으면 있고, 없다고 생각하면 없구
나, 단지 이것만이 진실이구나 생각해요. 정체성의 혼
란을 겪은 적도 있어요. 나는 뭐지? 그냥 20대 중반의
청년인가, 스님인가, 무당인가? 어떤 이름으로 불릴지
줄곧 고민했지만, 결국 모든 것이 제가 아니었어요.

**가피의 닉네임은 한때 '검은 새' 혹은 '허무'였다. 당시에 그가 만
든 〈검은 새〉라는 노래 가사에는 이런 내용이 있다. "알아버린
것은 검은 새의 숙명. 슬퍼할 수도 없어서 새는 날지요." 가피는**

가끔 아주 우울해 보였는데, 그의 답변을 들으니 그때의 혼란스러운 마음이 느껴졌다. '모든 것이 내가 아니다'라는 느낌. 옛날에는 가피의 태도가 허무한 검은색 같았는데, 이제는 자유로운 바다의 파란색 같다.

저는 아무것도 아니지만 모든 것을 하는 사람으로 자신을 정의하려고 해요. 굿도 하고 머리도 깎고 고등학교도 안 가고 별별 경험을 다 하면서, 그냥 내가 믿은 것이 현실이 됐을 뿐이라는 사실을 깨달았거든요.

그는 만날 때마다 분위기와 모습이 휙휙 바뀐다. 새로운 우주와 언어를 공부해 삶에 바로 적용해서일까. "아무것도 아니지만 모든 것을 하는 사람"인 가피에게 '무당'이라는 주제는 너무 협소하지 않은가 생각했다. 그래도 '전직' 무당으로서 가피만이 해줄 수 있는 이야기가 있을 것 같았다. 만물을 바라보는 부처님의 눈빛으로 나를 보는 그에게 질문했다.

무당이 되기로 했을 때의 고민과, 무당 생활에서 은퇴했을 때의 고민을 들려주세요.

콕 집어서 무당이 되겠다고 결심하진 않았어요. 일상에서 새로운 변화가 필요했어요. 바리스타를 하다가 갑자기 어부가 되는 것처럼, 단순하게 인생 트랙을 바꾼다고 생각했어요.

굿을 하고 나서도 별 차이는 없었어요. 무당 일을 그만둔 계기는 이런 거였어요. 배우가 대본을 읽었는데 자기 역할이 너무 재미없어 보이는 거예요. 저는 그 배역을 한번 잠깐 맡아보고 싶었고, 실제로 그렇게 해봤더니 더 이상 흥미가 생기지 않았어요. 뭔가를 직접 해보기 전에는 환상이 있잖아요. 모든 사람이 그래요. 사랑에 빠질 때도 시험을 준비할 때도 비슷해요. 공무원이 되기 전에는 공무원이 되기만 하면 인생이 달라질 거라고 생각했는데, 막상 시험에 붙으니까 예상과 다르다고 느끼는 것과 같아요.

직업으로서의 무당

가피 님이 무당이 되고 스님이 된 후에 한국주역타로협회와 사회적기업에서 일하는 모습이 저에게 충격과 영감으로 다가왔어요. 왜냐하면 무당은 '직업'이 아니라 신에게 선택받은 신비로운 존재로 여겨지잖아요. 저는 무당의 신비화된 이미지를 어떻게 벗길지가 화두인데, 가피 님은 직업 옷, 역할 옷으로서 무당이 어떤 존재라고 생각하세요?

무당을 다른 직업과 비교해보면 어떨까요? 무당이라는 직업은 굉장히 신비화되었지만 사실 평범하고, 반대로 초등학교 교사라는 직업은 평범해 보이지만 무척

"과연 신이 '너 무릎 나갈 때까지
기도해'라고 시킬까요.
신이 그렇게 시켰다는 믿음이
실은 내 마음속에 있다는 사실을,
죽음으로 돌아갈 때는
이해하게 돼요."

신비한 것 같아요. 우리가 잘 모르는 대상은 너무 신비롭지만 사실은 아무것도 없고요, 그래서 동시에 신비하고요.

무당은 영성을 추구하는 명상이나 요가처럼 마음을 본다고 생각해요. 처음에는 상담을 통해서 상대방을 바꾸는 일인 줄 알았어요. 그러니까 재회를 원하는 분에게 재회 운이 있는지, 금전을 바라는 사람에게 금전 운이 있는지 봐주고 저 사람 굿해야 돼, 신 받아야 돼, 뭘 바꿔서 어떻게 도와드릴까, 생각하면서 그 사람을 바꾸는 데 집중했어요. 하지만 그렇게만 하면 변화가 일시적이어서 근본을 들여다보게 됐어요.

다른 직업도 그렇지만 특히 무당에 대해서는 유독 극단적인 시선이 존재하는 것 같아요.

어떤 사람은 무당이 신비롭고 용하다고 하고, 어떤 사람은 무당이 비과학적이라고 나쁘게 보죠. 예전에는 무속신앙은 한국의 전통문화인데 사람들이 왜 부정적으로 평가하는지 의문이었어요. 지금은 무당의 일을 위대하게 보는 시선과 하찮게 보는 시선이 모두 있다는 걸 받아들여요. 어떤 시선으로 볼지는 자기 선택이고요. 이 세상에 80억의 시선이 있다면, 그중에 나와 생각이 비슷한 1억의 시선에만 집중하려고요. 과거에는 79억의 시선을 반박하고 설득하려고 했지만, 이제

는 그냥 '나는 이렇게 믿어요. 당신은 그렇게 보는군요'
라고 생각해요.

무당으로 일하면서 이 옷을 벗고 다른 옷을 입을까 고민한 적이 있
어요. 무당이라는 직업이 지니는 무게가 무겁게 느껴져서요. 사람
들이 흔히 무당에게 기대하는 이미지가 부담스럽기도 했고요. 본
의 아니게 무거운 짐을 진 사람이 직업의 무게를 내려놓고, 자기
안의 신성을 깨달을 수 있도록 가피 님이 돕는 것 같아요.

　　무당을 포함해서 종교계·영성계에 있는 분들은 직업
정체성이 곧 '나'라고 믿는 것이 장점이자 단점이에요.
희생과 헌신이 중요한 가치니까 자아를 죽이라는 의미
에서 '모든 게 나다'라고들 하지만, 끊임없이 공부하고
자기 자신을 치유하지 않으면, 신이 기도하라고 해서
기도했는데 기도를 안 들어주네, 결국 신은 없구나, 하
나님은 왜 날 버리시지, 내가 벌을 받나, 이런 말이 나
와요.

"신이 외부에 있다는 착각 때문이에요."

주로 어떤 분이 상담을 받나요?

　　용하단 점집 다 가보고, 굿도 해보고, 부적도 써보고,
신내림도 받고, 신당도 두세 번 차렸는데도 점사를 못

보는 무속인이 많이 오세요. 이 선생님은 신을 받으셨는데 왜 못 하실까. 반대로 이 선생님은 동영상으로만 점술을 공부하는데도 왜 빠른 변화가 일어날까. 사람들이 보이지 않는 세계를 깨닫고 변화하는 동력이 무엇인지 집요하게 관찰할 수 있어서 좋아요.

무당이 많이 토로하는 고민은 무엇인가요?

신이 있다고 생각했는데 없다고 느낀 순간에 갑자기 분노가 피어올라서 고민이 된다고 하더라고요. 또 자식이나 배우자, 부모님과 관계가 안 좋다는 현실적인 어려움을 말해요. 우리는 보통 예상대로 일이 잘 풀리지 않을 때 힘들잖아요. 무당은 그런 상황에서 내가 신발이 떨어졌나? 내가 저주받을 만한 안 좋은 일을 했나? 내가 죄를 지었나? 같은 프레임으로 많이 생각해요.

신이 외부에 있다는 착각 때문이에요. 저희 외할머니가 지금 70세가 넘으셨는데, 매일 108배를 하시고 수십 년 기도하셨어요. 과연 신이 '너 무릎 나갈 때까지 기도해'라고 시킬까요. 신이 그렇게 시켰다는 믿음이 실은 내 마음속에 있다는 사실을, 죽음으로 돌아갈 때는 이해하게 돼요. 하지만 지금은 죽음과 멀리 떨어져 있다고 믿으니까 그게 안 보일 뿐이지. 사실을 직면할 수 있는 교육이 필요해요.

내 한 몸 바쳐 위대한 부처님께 절하면 나도 부처

가 될 거라 생각하고, 밥도 못 먹고 일하면 가족과 세상이 내 노력을 알아줄 거라고 생각하지만, 아무도 내가 그렇게 하길 바라지 않았죠. 단지 내가 그렇게 믿었을 뿐이죠. 그 믿음이 현실이 되었고. 스님이든 목사든 무당이든 종교계에 있는 선생님들이 결국 아무것도 없더라, 내가 수십 년 굿을 했는데 아무것도 없더라, 같은 말을 해요.

고개를 격하게 끄덕였다. 내 주변에 있는 많은 무당도 비슷하게 말했다. 무당이 되는 의식을 치르고 절차를 밟는 것보다 내 믿음이 더 중요하고, 신령님은 내가 믿기에 존재한다.

주역타로* 배우는 분도 마찬가지예요. 어떤 분은 주역타로를 한 시간 만에 공부해서 바로 상담하고, 어떤 분은 1, 2년이 걸려요. 사주는 10년을 해도 상담을 못 하는 경우도 있어요. 그 차이는 뭘까요. 이 업을 통해서 손님을 도와주겠다는 마음이 차이를 만들어요. 나에게 보이는 글자를 믿고, 타로를 보면서 딱 떠오르는 한마디, 내 진심에서 우러나는 한마디가 답이라는 걸 알아야 해요. 자기가 하는 상담과 진심을 믿지 않는 분은 계속 더 나은 이론, 더 나은 선생님, 더 위대하고 높은 신, 더 좋은 명상법과 수행법을 찾죠.

　　그래서 교육할 때 수강생에게 이렇게 말해요. 선

생님이 확신 없으면 아무리 교재가 좋고 아무리 공부를 열심히 해도 안 된다. 내 능력으로 무조건 힘든 사람을 치유하겠다는 원(願)을 가지면 그냥 한 시간만 공부해도 된다. 이게 핵심이에요. 무속신앙이나 불교의 의식이 어떤 원리로 효과를 낼까, 어떻게 죽은 영혼이 극락에 갈 수 있나, 하는 궁금증이 다 풀렸죠. 내가 그렇게 믿으면 되는구나, 그것뿐이구나, 방법은 두 번째 구나.

무당이 되기 전 사주·주역·점성학 등을 공부하던 시절이 떠올랐다. 더 좋은 환경에서 더 좋은 선생님을 만나 공부하면 더욱 훌륭한 무당이 될 수 있지 않을까, 하는 생각보다 어떤 식으로든 사람들을 도우려는 마음으로 여기까지 왔다.

'신내림'이라는 말은 신이 위에 있고 난 밑에 있음을 전제하죠. 그런데 저는 위에서 누가 내려오는 게 아니라 내 안에 잠재돼 있던 신이 깨어났다고 느꼈어요. 가피 님도 그랬나요?

맞아요. 신은 내가 '신이 있다고 믿는 의식'이니까 내 안에 있어요. 신이 곧 나예요. 기존의 관념으로는 이걸 이해하기 어려워요. 신은 위대하고 영원하고 무한한 존재인 반면, 인간인 나는 나약하고 죄를 많이 짓고 두려움 많고 가엾은 존재라고 줄곧 배웠잖아요. 거의 모든 종교가 그렇게 말하고요. 신병·신기·신가물*이라는 용어에도, 신과 인간의 대비에서 비롯된 잘못된 관념이 녹아 있어요.

신병은 신에게 선택받은 특별한 인간이 받는 병, 신기란 인간의 한계를 넘어서는 신비로운 기운, 신가물은 영험한 신의 징조라고 보통 해석된다. 그런데 사실 신기는 타자와 연결된 상태로 존재하는 몸의 기운을 뜻한다. 신가물이 강한 이들은 타자의 아픔에 쉽게 물들고, 얼굴도 본 적 없는 비인간 동물의 고통까지 느낀다. 그래서 슬프고 고된 신병을 거친 후 고통을 외면하는 대신, 모든 타자의 고통을 책임지기로 선택한다. 무당이 되면 신병이 사라지는 이유는 그저 영험한 신이 내려와서가 아니다. 무당 자신이 만물에 깃든 신성을 모시겠다는 의지를 세울 때 신명이 함께하게 된다.

신기운을 푸는 다채로운 영성생활

저는 힘든 시기에 글을 쓰거나 그림을 그리거나 음악을 만들거나 춤을 추면서 신기운을 풀었어요. 꼭 내림굿을 받아야 신기운을 풀수 있는 건 아니잖아요?

신기운은 폭발할 것 같은 에너지예요. 신기운을 예술로 풀지, 내림굿으로 풀지, 클럽에서 풀지, 바다 수영으로 풀지는 각자의 선택이에요. 80억 개가 넘는 방식이

"당신은 직업이나 역할에
의존하지 않아도 되고, 그것보다
더 큰 당신이 있음을 믿는
우리와 우주가 있다."

있겠죠. 내림굿이 전부라 생각하는 건 상상력이 빈약해서죠. 고등학교에 반드시 가야 한다고 생각하는 것과 같아요. 고등학교에 가지 않고 해외로 갈 수도 있고 다른 걸 할 수도 있으니까 무한대의 가능성이 있잖아요. 내 의식과 의지대로 신기운을 다양하게 풀면 돼요.

무당마다 신을 믿으며 살아가는 방식이 정말 다르죠. 예술가의 스타일이 각자 너무 달라서 서로 비교할 수 없는 것처럼요.

본인이 믿는 것만 존재해요. 신령님이 내 옆에서 뭔가를 말해준다고 믿으면 그게 현실이고 사실이에요, 그 사람은. 그런데 내 믿음만 옳고 다른 사람의 믿음은 틀렸다고 지적하는 건 문제죠. 예술도 똑같아요. 저 사람의 예술은 방법론적으로 잘못됐어, 저 사람은 예술을 전공하지도 않았고 학교도 안 나왔잖아, 이런 사고방식이 문제예요.

나비 선생님이 예전에 무당끼리 만나면 자기 신이 더 크다면서 기싸움을 하는 게 피곤했다고 하셨죠.

누가 더 용하네, 내 신이 해주는 말이 더 정확하네, 그러죠. 그런데 무속인만 그러는 게 아니라 기업인 모임만 가도 다 자기가 잘났다고 해요. 나 이번 매출이 이 정도야, 나 이런 차 끌어. 기자들은 자기가 취재한 특종 얘기할 것이고. 자신을 믿지 못하니까 깃털을 세워서

187

타인과 비교하죠.

그래서 믿음이 폭력이 되는 순간을 경계하는 노력이 필요하겠죠.

가피가 꿈꾸는 사랑방

가피는 오래전부터 꾸준히 사람들이 마음을 나누고 휴식할 수 있는 공간을 만들고 가꾸는 일을 해왔다. 그가 열여덟 살이고 내가 스물다섯 살일 때 우리는 처음 만났다. 그는 고등학교에 가지 않고 학교 밖 청소년의 사회적기업 '우물 밖 청개구리'를 만들어 활동하고 있었다. 승은 언니와 함께 협동조합을 운영하던 나는 가피가 반가웠다. 언니와 나도 학교에 다니지 않는 청소년이었기에 더욱 그랬다. 그는 이후로 언니와 '인문학카페 36.5'를 운영하는 팀원으로 일했다.

새로운 공간과 사회적기업을 만들 예정이라고 하셨죠?

저와 나비 선생님은 카페 가는 걸 좋아해요. 카페가 심리 상담소이자 점집이자 절이자 교회라고 생각해요. 사람들은 편히 쉴 수 있는 공간이 필요해요. 옛날에 마을마다 하나씩 있었던 점집에서 남편 때문에 스트레스 받은 아내가 심정을 하소연했잖아요. 지금 카페가 그래요. 절도 마찬가지고요. 그런 공간을 만들고 싶어요.

열일곱 살에 사회적기업은 "빵을 팔기 위해서 고용하는 게 아니라 고용하기 위해서 빵을 판다"라는 릭 오브리의 말에 사로잡혔어요. 그래서 그때 사회적기업을 만들었고요. 나 혼자 행복하긴 싫어서 학교에 안 갔어요. 다 같이 행복해야 내가 비로소 행복해지더라고요. 여전히 같은 가치관을 품고 있어서, 명상과 수행을 가르치는 사회적기업도 구상하고 있어요. 교육 성과에 목매지 않고, 모두 스스로 개별적인 존재로 성장할 수 있도록 돕고 싶어요. '인문학카페 36.5'에서 일하면서 언니들에게 많이 배운 덕분이에요. 이제는 나비 선생님과 구슬 같은 인연들을 꿸 준비를 하고 있어요.

그는 '인문학카페 36.5'에서 작곡·작사를 배우는 기타 모임을 만들었는데, 모임에 참여한 사람들에게 이렇게 말하곤 했다. "여러분, 음악 만드는 거 별거 아닙니다. 기타 코드 몇 개만 알아도 무지 많은 음악을 만들 수 있어요." 그때 나는 가피에게 배운 코드로 음악을 여러 개 만들었다. '악기 하나 다룰 줄 모르는 내가 음악을 만든다고?'라고 생각하는 사람에게 "누구나 할 수 있어요"라고 말하던 가피는, 이제 "신? 별거 아니에요. 당신이 신이잖아요"라고 말한다.

앞으로 어떤 메시지를 전하며 살고 싶으세요?

나는 누구인가, 무당이 아닌 나는 무엇인가, 어떤 직업

혹은 역할로 규정되지 않는 나는 무엇인가, 하는 질문을 계속 던지고 싶어요. 당신은 직업이나 역할에 의존하지 않아도 되고, 그것보다 더 큰 당신이 있음을 믿는 우리와 우주가 있다. 그게 이 세상에 전하고 싶은 메시지예요. 그런 믿음을 모두가 느끼면 좋겠어요.

가피는 5개월 후 육지로 돌아와 고양시 달걀부리마을에 있는 내 옆집으로 이사 왔고, 지금은 나비 선생님과 일하며 레이키 안내자로도 활동한다. 그는 레이키가 현대식 신내림 방법이라고 알려주었다. 누구나 우주 에너지를 전해 받으면 모든 신령과 신명에 접속할 수 있고, 이러한 현상을 믿는 힘이 치료의 동력이 된다고 했다. 많은 현대 무당이 가피처럼 각자의 방식으로 사람들을 치유하면서 새로운 관계망과 세상을 만들어간다.

　　내가 지내는 방의 벽을 넘으면 바로 그의 방이 있다. 보라색 냉장고와 노란색 소파, 푸른 바다가 은빛으로 반짝이는 사진, 노을 같은 조명이 있는 방은 가피처럼 자유롭고 따뜻하다. 그의 방은 '가피사원 사랑방'이라 불린다. 그는 집들이 초대장을 써서 내게 보내줬다.

　　가피사원 사랑방에 오신 걸 환영합니다. 이곳에서는 모든 역할·이름·정체성을 벗었으면 해요. 아무것도 아닌 채로 모든 게 될 수 있길 바라요. 더 나아지려고 애쓰지 말아요. 왜 그게 문제라고 생각해요? 나는 그 점이 당신의 매력이라고 생각해요. 우리는 사랑이 부족해서 괴로움과 고통을 느껴요. 사랑받기 위해서 아무것도 할 필요 없어요. 사랑, 너무 자연스러워서 잠시 잊었을 뿐이에요. 가피사원은 사랑을 충전하는 곳이에요. 당신이 여기에 온 건 기적 그 자체예요. 당신과 내가 지금 이 순간을 함께할 수 있는 건 정말 신기하고 이상한 우연이에요. 사랑방에서만큼은 아무것도 하지 말아요. 그냥 당신이 좋으니까요. 지금 모습 그대로 정말 사랑스러워요.

★

주역타로   주역 64괘가 새겨진 타로 카드다. 예순네 장으로 되어
있다.

신가물   신내림의 조짐이 보이는 것을 뜻한다. 조상 중에 무당이
있거나, 신내림의 조짐이 있는데 스스로는 모르고 있을
때도 신가물이 있다고 표현한다. 모든 현상에 열려 있어
혼령, 사물에 깃든 영체 등 보이지 않는 기운을 느끼는
상태다.

당신이 곧 신이다

에세이 《신령님이 보고 계셔》에 사인할 때 트리스켈리온을 그리고 둥근 가장자리에 맞춰 '당신이 신이다'라고 적곤 했다. 당신이 신이라고 말하는 나에게 "신내림은 아무나 받을 수 있나요?"라고 묻는 사람들이 있다. 아무나 무당이 될 수는 없지만, 누구나 자기 안의 신성을 자각할 수 있다.

　　떨어지는 낙엽을 보면서 인생의 덧없음을 느끼고, 추위를 겪을 길고양이를 걱정하고, 지구 반대편에서 벌어지는 전쟁에 가슴 아파 잠 못 이루는 사람들이 있다. 앞길만 바라보고 직진해야 하는 세상에서 옆길로 자꾸 눈이 가는 사람들. 자기 본분을 잊고 타자에게 관심을 표하는 사람은 자신도 모르게 정체성의 확장을 경험한다. 여기에 따르는 고통과 부침을 무속신앙의 언어로 신병이라고 부른다. 신병이란 인간의 좁은 세계관(성차별주의·종차별주의·성장주의·건강 이데올로기 등)에 가둘 수 없는 크고 맑은 신령이 올 때 겪는 풍파다.

'나'라는 정체성을 과거의 자아에 붙잡아둘 때 신병은 더욱 거세지고, 반대로 '나'를 비인간 동물과 지구 전체까지 확장해 그들의 아픔에 공명하는 상태를 인정할 때 병은 병이 아니게 된다. 결국 신내림은 나를 지켜주는 만물과의 연결감을 회복하는 일이다. 무당은 신내림 의식 후에 매일 연결감을 의식하는 수행을 한다.

★

영험함의 정체는 무엇일까? 무당은 단순히 손님의 과거를 꿰뚫어 보고 미래를 예견하는 사람일까? 그 능력이 무당의 자격을 판단하는 기준일까? 사실 적절한 수단이 있으면 누구나 과거와 미래를 들여다볼 수 있다. 성별·나이·인종·언어·학력·직업·질병과 장애 유무 등 개인의 사회적·생물학적 조건에 대한 방대한 데이터를 분석해, 개인이 살아온 삶의 내력을 짐작할 수 있는 것이다. 하지만 무당이 하는 일의 핵심은 개인의 과거와 미래를 맞히는 데 있지 않다. 무당은 세상의 좁은 골목골목을 돌아다니며 사연에 담긴 고통을 주워 담아 한을 푸는 존재, 소음처럼 들리는 말들을 한데 모아 위로하는 존재다. 무당의 영험함은 바로 여기에서 나온다.

누군가는 소수자의 목소리가 '정상적인' 질서를 위협하고, 신의 뜻을 거스른다고 본다. 그들이 세상을 인식하는 방식을 담아낼 그릇이 없기 때문이다. 이런 관점 때문에 많은 소수자가 침

묵을 강요당했고, 마녀사냥으로 희생되었다. 내가 이해할 수 없는 대상에게 느끼는 불안이 혐오의 뿌리다. 타자를 향한 불안을 완전히 없애진 못해도, 샤머니즘을 통해 불안과 다른 방식으로 관계 맺을 수 있다.

　　샤머니즘에는 완전한 악도, 벌전도 없다. 제대로 애도되지 못한 죽음과 표현되지 못한 억울함이 있을 뿐이다. 하지만 다른 기성종교가 그렇듯 무속신앙에도 뚜렷한 악을 상정하거나 벌전을 빌미로 믿음을 강요하는 오래된 관성이 남아 있다. 사회적 낙인으로 고통받다가 영적으로 해방되고자 종교의 문을 두드리는 사람들이, 신에게 벌을 받을지도 모른다는 두려움으로 믿음을 유지하는 풍경은 슬프다. 사람들의 두려움을 이용하는 신앙이 아닌, 모든 더러움을 포용하는 신앙을 통해서만 돌봄의 공동체가 만들어질 수 있다고 믿는다. 이 책이 이승의 두려움(낙인)과 저승의 두려움(벌전)을 넘어서는 용기가 되면 좋겠다. 사회적 해방은 영적 해방이다. 이승과 저승, 천국과 지옥처럼 둘은 별개가 아니다.

★

임인년 신해월 정해일(2022년 11월 30일)에 탄생하는 책
《무당을 만나러 갑니다》를 만나는 모든 존재를 위한 축원문

분노가 갈 곳을 알려주시는 칼리신령님, 밝은 지혜로 길을 비춰주시는 글문선녀님, 맑은 소리로 만물을 잠재워주시는 천상선녀

님, 낮과 밤을 지켜주시는 일월신장님, 날마다 생생하게 해주시는 해도령님, 함께 울어주시는 무지개칠성님, 함께 웃어주시는 벼락동자님, 산천을 지키고 아이들을 보호하는 백마군웅님, 죽어가는 모든 생명 천도하고 태어나는 모든 생명 보호하는 천지신령님, 쥐·소·호랑이·토끼·용·뱀·말·양·원숭이·닭·개·돼지 님, 나무·불·흙·금·물의 오방신령님, 하늘과 땅의 조상신령님, 사랑할 용기를 주시는 예수님, 광활한 자연의 품 내어주시는 마고삼신할머니께 비나이다.

이 책을 만나는 모두가 낙인과 벌전의 두려움에서 해방되어, 서로를 돌보는 오늘을 살아낼 수 있도록 해주세요. 우리가 당장 이 세상을 뒤집어버릴 수 없어도, 다른 방식으로 스스로를 먹이고, 재우고, 씻기고, 해석할 수 있다는 사실을 잊지 않게 해주세요. 관세음보살님의 자비와 부처님의 가피와 하나님의 은총과 마고할머니의 축복이, 지금도 혼자 울고 있는 누군가에게 가닿게 해주세요.

낯쇠의 모양을 잘 잡아 아름다운 무구로 만들어준 하상민 편집자님께 감사합니다.

2022년 11월

칼리 올림

한 많은 세상에서 우리 함께 굿판을 열자

저희는 무당입니다. 미신이고, 마녀입니다. 악한 자이며 사기꾼으로도 불립니다. 무당은 오랜 시간 멸시와 금기의 대상이었습니다. 동시에 무당은 원한 많은 혼을 달래는 일을 해왔습니다. 누구도 듣지 않았던 혼의 이야기를 들으려고 애써왔습니다. 옛날에 여성이 말할 수 있는 직업은 기생과 무당뿐이었습니다. 밑바닥에서 차별받는 존재가 이렇게는 더 못 살겠다 생각해서 무당이 되었고, 밑바닥에서 차별받는 존재가 서러움을 하소연할 곳이 없을 때 무당을 찾았습니다. 한 많은 사람과 혼이 굿판에 모여 울음 섞인 목소리로 한바탕 신나게 노래하고 춤추며 한을 풀었습니다.

　　지금은 어떻습니까? 많은 한이 이 자리에 모였습니다. 이곳에 모이지 못한 한은 또 얼마나 많습니까. 한은 단지 개인적인 감정이 아닙니다. 단순한 억하심정도 아닙니다. 당신의 존재를 잘못으로 규정하고 지우려는 모든 시도, 즉 차별에서 자라는 감정입니다. 작은 마당에서 이루어지던 굿판을 이곳에서 열려고 합니다. 한이 너무 많아 작은 마당에 다 담을 수 없기 때문입니다.

차별은 수축의 힘입니다. 존재를 억누르고 숨게 만들며 바깥으로 밀어냅니다. 차별 때문에 많은 이가 우리 곁을 떠났습니다. 성소수자 손님은 저희를 찾아와 말합니다. "트랜스젠더 친구가 자살한 후에 우울증이 심해졌어요" "한국에서 퀴어로 살아가기 힘듭니다." 장애인 자녀가 있는 손님은 이렇게 묻습니다. "제 아이가 이 사회에서 잘 살 수 있을까요?" 노동조합을 결성했다고 부당 징계를 받은 노동자와 기본적인 노동권도 지킬 수 없는 하청 업체 노동자, 취업에 어려움을 겪는 사람들도 신당의 문을 두드립니다. 누군가는 이제 '구조적 차별'은 없다고 말합니다. 복지제도가 개선되어 예전보다 살기 좋은 세상이 왔다고 말합니다. 그건 대체 누구의 위치에서 보는 세상입니까. 당신은 오물이 떨어진 밑바닥에서 세상을 다시 배워야 합니다.

그동안 의심이 많았습니다. 오물을 뒤집어쓴 저희가 차별금지법 제정 요구에 목소리를 보태는 게 도움이 될까 싶었습니다. 하지만 우리가 겪는 차별은 다른 소수자 이웃들의 차별과도 맞닿아 있습니다. 기득권이 만들어낸 '정상'의 기준에서 벗어난다는 이유로 노동권·교육권·이동권·가족구성권 등 생존의 권리를 박탈당한 존재의 이야기를 듣기 위해 이 자리에 모였습니다. 차별이 만드는 수축을 넘어 저항이 만드는 확장과 연결을 말하려고 합니다. 우리에게는 더 큰 굿판이 필요합니다.

　만인과 만물이 조건 없이 존엄하다는 건 모든 종교가 말하는 평등의 이치입니다. 모든 존재가 차별 없이 동등하게 존엄하다는 건 헌법에도 명시된 공동체의 약속입니다. 이 약속, 언제 제대로 지켜질까요? 종교와 헌법 그리고 살아 있는 자들의 책임을 생각합시다. 차별금지법은 모두의 존엄을 위한 최저선입니다. 오늘의 굿판은 존엄의 최저선을 마련하기 위한 것입니다. 굿판이 사라져도 괜찮은 날까지, 굿판은 계속될 겁니다.

무속인 정의연대 굿판

― 2022년 5월, 차별금지법 제정을 촉구하는 국회 앞 동조 단식에 참여했다. 개신교·천주교·불교·원불교 등 많은 종교의 신자들이 차별금지법 제정을 위해 연대하고 있었다. 사기꾼, 미신을 믿는 사람들이라는 오명 속에서 여전히 차별받는 무속인 우리도 연대해야 할 때라고 생각했다. 성명서를 함께 작성한 글문선녀 기린과 무무에게 감사드린다.

나는 이 책을 간절한 시인이 쓴 타자의 시학으로 읽는
다. 무당도 시인도 목소리를 '듣는' 사람이다. 저 먼 곳
에서 '들려오는' 영혼의 목소리와 고통에 찬 손님들(생
물들과 무생물들)에게서 들려오는 목소리. 이 목소리
들 사이에서 타자로 가득 채운 거울이 되려고, 한없이
자신을 비우는 사람이 시인과 무당이다. 그래서 시인
과 무당의 '들림'은 부재자의 목소리를 '들음'에서 오
고, 존재자의 고통에 찬 목소리가 '들려오는' 곳에 '들
름'으로써 생성된다.

　　이 인터뷰어는 질문할 때 항상 자신의 '무당하기'
얘기를 먼저 '들려준다'. 그리고 '들을' 때는 상상하면
서 '듣는다'. 대화의 반듯한 자세다. 그래서 이 무당이
나누는 인터뷰들은 고백과 대화와 발명이 같은 장에서
이루어진다. 나는 이 책이 새로운 세대의 새로운 굿을

발명한다고 생각한다. 가짜 굿 말고, 모든 굴레를 벗어던진 진짜 굿 말이다. 이제는 성정체성을 넘어, 역사적 죽음들을 넘어, 반생명적 법규들을 넘어, 무당이라는 운명을 넘어, 모든 경계를 넘어, 우주 전체로 자신의 정체성을 넓혀, 신과 자신들 사이를 트랜스하는 존재자들의 신명을 무당이라고 불러도 되겠다. ─김혜순(시인)

홍칼리의 글을 신뢰하는 이유는 두 가지다. 첫째는 그의 글이 그의 몸과 가까워서다. 언제나 그가 속한 삶, 관계, 사회의 물질적인 토대 위에서 생생히 피어난 글을 읽게 된다. 이런 글은 독자를 소외시키지 않는다. 둘째는 정직해서다. 복잡하고 어려운 글로 헷갈리게 하지 않고 있는 그대로 진실을 드러낸다. 이런 글은 독자를 기만하지 않는다.

　전통적인 종교 개념이 더 이상 예전과 같은 설득력을 갖지 못하는 무종교의 시대에 마음 둘 곳을 찾지 못하고 영적으로 굶주린 사람들이 많아짐을 느낀다. 간절함이 커질수록 공포를 이용하는 사람들에게 휘둘릴 위험도 커진다. 우리는 무속신앙을 과하게 신비화하거나 비과학적이라고 낙인찍는, 두 가지의 극단적인 관점 사이에서 어느 하나를 택하지 않고도 다양한 태도를 취할 수 있고 그래야만 한다.

이 책은 무당을 신비화하지 않으면서도 타인의 고통에 감응하고 공동체의 애환을 달래주었던 '돌보는 존재'로서의 무당을 복권해낸다. 또한 그들이 극한의 고통 상황에서 창조하는 자리로 옮겨간, 스스로 삶과 언어를 해석하는 주체적이고도 용감한 사람이라는 점도.

무(巫)의 세계의 몇 장면을 언어화해준 저자에게 감사함을 전한다. 이 책이 세상에 나온 것을 뜨겁게 환영한다. 나는 앞으로도 오랫동안 그의 글을 지키고 옹호하는 사람일 것이다. ─하미나(작가)

**무당을
만나러
갑니다**

© 홍칼리 2022

초판 1쇄 인쇄   2022년 11월 23일
초판 1쇄 발행   2022년 11월 30일

지은이   홍칼리
펴낸이   이상훈
편집인   김수영
본부장   정진항
문학팀   하상민 최해경 김다인
마케팅   김한성 조재성 박신영 김효진 김애린 오민정
사업지원   정혜진 엄세영

펴낸곳   ㈜한겨레엔 www.hanibook.co.kr
등록   2006년 1월 4일 제313-2006-00003호
주소   서울시 마포구 창전로 70 (신수동) 화수목빌딩 5층
전화   02-6383-1602~3
팩스   02-6383-1610
대표메일   munhak@hanien.co.kr

ISBN   979-11-6040-922-2 03810

책값은 뒤표지에 있습니다.
파본은 구입하신 서점에서 바꾸어 드립니다.
이 책의 일부 또는 전부를 재사용하려면 반드시 저작권자와
㈜한겨레엔 양측의 동의를 얻어야 합니다.